历代笔记小说大观

朝野佥载
云溪友议

［唐］张鷟 范摅 撰

恒鹤 阳羡生 校点

图书在版编目(CIP)数据

朝野佥载　云溪友议 /（唐）张鷟 范摅撰；恒鹤 阳羡生
校点. —上海：上海古籍出版社，2012.11（2023.8 重印）
（历代笔记小说大观）
ISBN 978 - 7 - 5325 - 6356 - 2

Ⅰ.①朝… ②云… Ⅱ.①张… ②范… ③恒… ④阳…
Ⅲ.①笔记小说-小说集-中国-唐代 Ⅳ.
①I242.1

中国版本图书馆 CIP 数据核字（2012）第 044980 号

历代笔记小说大观

朝野佥载　云溪友议

[唐] 张鷟　范摅　撰

恒鹤　阳羡生　校点

上海古籍出版社出版发行

（上海市闵行区号景路 159 弄 1 - 5 号 A 座 5F　邮政编码 201101）

（1）网址：www.guji.com.cn

（2）E-mail：guji1@guji.com.cn

（3）易文网网址：www.ewen.co

常熟文化印刷有限公司印刷

开本 635×965　1/16　印张 8.75　插页 2　字数 114,000
2012 年 11 月第 1 版　2023 年 8 月第 2 次印刷
印数：2,101—3,200
ISBN 978 - 7 - 5325 - 6356 - 2
Ⅰ·2510　定价：22.00 元

如有质量问题，请与承印公司联系

总　目

朝 野 佥 载

［唐］张　鷟　撰
　　恒　鹤　校点

校 点 说 明

 本书作者张鹭,字文成,号浮休子。唐深州陆泽(今河北深县北)人。曾任率更令、县尉、鸿胪丞等职。《旧唐书》本传说他"开元中,入为司门员外郎,卒"。当时文名藉甚,员半千揄扬道:"张子之文如青钱,万简万中,未闻退时。"人们因之称他为"青钱学士"。新罗、日本也远闻其名,来朝不惜重金购置其文。今存传世著作除《朝野佥载》外,尚有《游仙窟》、《龙筋凤髓判》等。

 《朝野佥载》记述唐代前期朝野遗事佚闻,尤以武后一朝事迹为多。举凡政治黑暗、吏治腐败、酷吏横暴、民生疾苦等均有反映,暴露了"贿货纵横,赃污狼藉"的现实世相。另有治病医例、星相占卜、神灵怪异、文坛掌故等资料及琐闻碎语,皆有可观。至于谐噱荒怪纤悉胪载而失之于琐杂,则为后世垢病,洪迈《容斋续笔》卷十二就曾说:"《佥载》记事,皆琐尾摘裂,且多媟语。"当然,以唐人记唐事,耳目所接,毕竟较近事实,故其所录亦为《资治通鉴》等史书所引用。

 《新唐书·艺文志》载张鹭《朝野佥载》二十卷。《宋史·艺文志》同,并另增《佥载补遗》三卷。《直斋书录解题》著录一卷,并云:"其书本三十卷,此特其节略尔。"上述诸本后均散失。明代以后流行有一卷本与六卷本,一卷本有《说郛》、《历代小史》本等,六卷本以《宝颜堂秘笈》为代表。这两者源流体系各不相同。据当代学者赵守俨先生考证,《秘笈》本全部抄辑自《太平广记》,但有遗漏、误收及误抄,致使此本有若干条目记述作者身后之事。《四库全书总目提要》谓:"《佥载》乃鹭所作,《补遗》则为后人附益。凡阑入中唐后事者,皆应为《补遗》之文。"无论其是否为臆测,也可聊备一说。此外尚有一种十卷本,《四库全书简明目录标注》著录有"许氏有抄本十卷"、"影宋十卷本"、"胡心耘有校宋十卷本"。就"影宋"而言,源流颇早,惜均未能得见。余嘉锡先生《四库提要辨证》卷十七云曾见一种十卷本抄本,与《秘笈》比较,乃内容相同,仅分卷有异而已。未知十卷本是否均如此,姑以存疑。

　　此次校点,以《宝颜堂秘笈》本为底本,参校《太平广记》及《说郛》、《历代小史》各本与有关史书,并参考文渊阁《四库全书》本,斟酌取舍,择善而从,不出校记。

目　录

卷一

贞观年中，定州鼓城县人魏全家富，母忽然失明。问卜者王子贞，子贞为卜之，曰："明年有人从东来青衣者，三月一日来，疗必愈。"至时，候见一人着青绸襦，遂邀为设饮食。其人曰："仆不解医，但解作犁耳，为主人作之。"持斧绕舍求犁辕，见桑曲枝临井上，遂斫下。其母两眼焕然见物。此曲桑盖井之所致也。

周郎中裴珪妾赵氏，有美色，曾就张璟藏卜年命。藏曰："夫人目长而漫视，准相书，猪视者淫。妇人目有四白，五夫守宅。夫人终以奸废，宜慎之。"赵笑而去。后果与合宫尉卢崇道奸，没入掖庭。

杜景佺，信都人也。本名元方，垂拱中，更为景佺。刚直严正。进士擢第，后为鸾台侍郎、平章事。时内史李昭德以刚直下狱，景佺廷诤其公清正直。则天怒，以为面欺，左授溱州刺史。初任溱州，会善筮者于路，言其当重入相，得三品，而不着紫袍。至是夏中服紫衫而终。

瀛州人安县令张怀礼、沧州弓高令晋行忠就蔡微远卜。转式讫，谓礼曰："公大亲近，位至方伯。"谓忠曰："公得京官，今年禄尽，宜致仕可也。"二人皆应举，怀礼授左补阙，后至和、复二州刺史。行忠授城门郎，至秋而卒。

开元二年，梁州道士梁虚州以九宫推算张鷟云："五鬼加年，天罡临命，一生之大厄。以《周易》筮之，遇《观》之《涣》，主惊恐；后风行水上，事即散。"安国观道士李若虚，不告姓名，暗使推之。云："此人今年身在天牢，负大辟之罪乃可以免。不然病当死，无救法。"果被御史李全交致其罪，敕令处尽。而刑部尚书李日知，左丞张廷珪、崔玄昇，侍郎程行谋咸请之，乃免死，配流岭南。二道士之言信有征矣。

泉州有客卢元钦染大疯，惟鼻根未倒。属五月五日官取蚺蛇胆欲进，或言肉可治疯，遂取一截蛇肉食之。三五日后渐可，百日平复。又商州有人患大疯，家人恶之，山中为起茅舍。有乌蛇坠酒罂中，病人不知，饮酒渐差。罂底见蛇骨，方知其由也。

则天时，凤阁侍郎周允元朝罢入阁。太平公主唤一医人自光政门入，见一鬼撮允元头，二鬼持棒随其后，直入景运门。医白公主，公主奏之。上令给使觇问，在阁无事。食讫还房，午后如厕。长参典怪其久私，往候之，允元踣面于厕上，目直视，不语，口中涎落。给使奏之，上问医曰："此可得几时？"对曰："缓者三日，急者一日。"上与锦被覆之，并床舁送宅，止夜半而卒。上自为诗以悼之。

久视年中，襄州人杨元亮年二十余，于虔州汶山观佣力。昼梦见天尊云："我堂舍破坏，汝为我修造，遣汝能医一切病。"寤而悦之，试疗无不愈者。赣县里正背有肿大如拳，亮以刀割之，数日平复。疗病日获十千，造天尊堂成，疗病渐无效。

如意年中，洛州人赵玄景病卒五日而苏，云见一僧与一木长尺余，教曰："人有病者，汝以此木拄之即愈。"玄景得见机上尺，乃是僧所与者，试将疗病，拄之立差，门庭每日数百人。御史马知己以其聚众，追之禁左台，病者满于台门。则天闻之，追入内，宫人病，拄之即愈，放出任救百姓病。数月以后，得钱七百余贯。后渐无验，遂绝。

洛州有士人患应语病，语即喉中应之。以问善医张文仲，经夜思之，乃得一法。即取《本草》令读之，皆应；至其所畏者，即不言。仲乃录取药，合和为丸，服之应时而愈。一云问医苏澄云。

郝公景于泰山采药，经市过。有见鬼者，怪群鬼见公景皆走避之。遂取药和为"杀鬼丸"，有病患者服之差。

定州人崔务坠马折足，医令取铜末和酒服之，遂瘥平。及亡后十余年改葬，视其胫骨折处，有铜末束之。

岭南风俗，多为毒药。令奴食冶葛死，埋之土中。蕈生正当腹上，食之立死；手足额上生者，当日死；旁自外者，数日死；渐远者，或一月，或两月；全远者，一年、二年、三年亦即死。惟陈怀卿家药能解之。或以涂马鞭头控上，拂着手即毒，拭着口即死。

赵延禧云，遭恶蛇虺所螫处，贴之艾炷，当上灸之，立差，不然即死。凡蛇啮，即当啮处灸之，引去毒气即止。

冶葛食之立死。有冶葛处即有白藤花，能解冶葛毒。鸩鸟食水之处即有犀牛，不濯角。其水物食之必死，为鸩食蛇之故。

医书言：虎中药箭食清泥；野猪中药箭趄荠苨而食；雉被鹰伤，以地黄叶帖之。又：礜石可以害鼠。张鷟曾试之，鼠中毒如醉，亦不识人，犹知取泥汁饮之，须臾平复。鸟兽虫物犹知解毒，何况人乎？被蚕啮者，以甲虫末傅之；被马咬者，以烧鞭鞘灰涂之。盖取其相服也。蜘蛛啮者，雄黄末傅之。筋断须续者，取旋复根绞取汁，以筋相对，以汁涂而封之，即相续如故。蜀儿奴逃走多刻筋，以此续之，百不失一。

永徽中有崔爽者，每食生鱼三斗乃足。于后饥，作鲙未成，爽忍饥不禁，遂吐一物，状如虾蟆。自此之后，不复能食鲙矣。

国子司业、知制诰崔融病百余日，腹中虫蚀极痛，不可忍。有一物如守宫从下部出，须臾而卒。

后魏孝文帝定四姓，陇西李氏大姓，恐不入，星夜乘鸣驼，倍程至洛。时四姓已定讫，故至今谓之"驼李"焉。

张文成曰：乾封以前选人，每年不越数千；垂拱以后，每岁常至五万。人不加众，选人益繁者，盖有由矣。尝试论之，只如明经、进士、十周、三卫、勋散、杂色、国官、直司，妙简实材，堪入流者十分不过一二。选司考练，总是假手冒名，势家嘱请。手不把笔，即送东司；眼不识文，被举南馆。正员不足，权补试、摄、检校之官。贿货纵横，赃污狼藉。流外行署，钱多即留，或帖司助曹，或员外行案。更有挽郎、辇脚、营田、当屯，无尺寸工夫，并优与处分，皆不事学问，唯求财贿。是以选人冗冗，甚于羊群；吏部喧喧，多于蚁聚。若铨实用，百无一人。积薪化薪，所从来远矣。

郑愔为吏部侍郎掌选，赃污狼藉。引铨有选人系百钱于靴带上，愔问其故，答曰："当今之选，非钱不行。"愔默而不言。时崔湜亦为吏部侍郎掌选，有铨人引过，分疏云："某能翘关负米。"湜曰："君壮，何不兵部选？"答曰："外边人皆云：'崔侍郎下，有气力者即存。'"

景龙中，斜封得官者二百人，从屠贩而践高位。景云践祚，尚书宋璟、御史大夫毕构奏停斜封人官。璟、构出，后见鬼人彭君卿受斜封人贿赂，奏云见孝和，怒曰："我与人官，何因夺却！"于是斜封皆复旧职。伪周革命之际,十道使人天下选残明经、进士及下村教童蒙博士,皆被搜扬,不曾试练,并与美职。尘黩士人之品,诱悦愚夫之心,庸才者得官以为荣,有才者得官以为辱。昔赵王伦之篡也,天下孝廉秀才茂异,并不简试,雷同与官,市道屠沽、亡命不轨,皆封侯略尽。太府之铜不供铸印,至有白版侯者。朝会之服,貂者大半,故谣云“貂不足,狗尾续”。小人多幸,君子耻之。无道之朝,一何连类也,惜哉!

天后中,契丹李尽忠、孙万荣之破营府也,以地牢囚汉俘数百人。闻麻仁节等诸军欲至,乃令守囚霫等绐之曰:“家口饥寒,不能存活。求待国家兵到,吾等即降。”其囚日别与一顿粥,引出安慰曰:“吾此无饮食养汝,又不忍杀汝,总放归若何?”众皆拜伏乞命,乃给放去。至幽州,具说饥冻逗留。兵士闻之,争欲先入。至黄獐峪,贼又令老者投官军,送遗老牛瘦马于道侧。仁节等三军弃步卒,将马先争入,被贼设伏横截,军将被索绹之,生擒节等,死者填山谷,罕有一遗。

景龙四年,洛州凌空观失火,万物并尽,惟有一真人岿然独存,乃泥塑为之。后改为圣真观。

西京朝堂北头有大槐树,隋曰唐兴材门首。文皇帝移长安城,将作大匠高颍常坐此树下检校。后栽树行不正,欲去之,帝曰:“高颍坐此树下,不须杀之。”至今先天百三十年,其树尚在,柯叶森竦,株根盘礴,与诸树不同。承天门正当唐兴材门首,今唐家居焉。

永徽年以后,人唱《桑条歌》云:“桑条苒,女韦也乐。”至神龙年中,逆韦应之。谄佞者郑愔作《桑条乐词》十余首进之,逆韦大喜,擢之为吏部侍郎,赏缣百匹。

龙朔以来,人唱歌名《突厥盐》。后周圣历年中,差阎知微和匈奴,授三品春官尚书,送武延秀往娶默啜女,送金银器物、锦彩衣裳以为礼聘,不可胜纪。突厥翻动,汉使并没,立知微为可汗,乃《突厥盐》之应。

调露中,大帝欲封中岳,属突厥叛而止。后又欲封,土番入寇,遂停。至永淳年,又驾幸嵩岳,谣曰:“嵩山凡几层,不畏登不得,只畏不得登。三度征兵马,傍道打腾腾。”岳下遘疾,不愈,回至宫而崩。

永淳之后,天下皆唱“杨柳,杨柳,漫头驼”。后徐敬业犯事,出柳州司马,遂作伪敕,自授扬州司马,杀长史陈敬之,据江、淮反。使李孝逸讨之,斩业首,驿马驼入洛。"杨柳,杨柳,漫头驼",此其应也。

周如意年中以来,始唱《黄獐歌》,其词曰:"黄獐,黄獐,草里藏,弯弓射你伤。"俄而契丹反叛,杀都督赵文翙,营府陷没。差总管曹仁师、张玄遇、麻仁节、王孝杰,前后百万众,被贼败于黄獐谷,诸军并没,罔有孑遗。《黄獐》之歌,斯为验矣。

周垂拱已来,《苾拏儿歌》词皆是邪曲。后张易之小名苾拏。

景龙年,安乐公主于洛州道光坊造安乐寺,用钱数百万。童谣曰:"可怜安乐寺,了了树头悬。"后诛逆韦,并杀安乐,斩首悬于竿上,改为悖逆庶人。

神龙以后谣曰:"山南乌鹊窠,山北金骆驼。镰柯不凿孔,斧子不施柯。"此突厥强盛,百姓不得斫桑养蚕、种禾刈谷之应也。

景龙中谣曰:"可怜圣善寺,身着绿毛衣。牵来河里饮,踏杀鲤鱼儿。"至景云中,谯王从均州入都作乱,败走,投洛川而死。

景云中谣曰:"一条麻线挽天枢,绝去也。"神武即位,敕令推倒天枢,收铜并入尚方。此其应兆。

景龙中谣曰:"黄柏犊子挽纼断,两脚踏地鞋齈断。"六月,平王诛逆韦。挽纼断者,韦欲作乱。鞋齈断者,事不成。阿韦是"黄犊"之后也。

明堂主簿骆宾王《帝京篇》曰:"倏忽抟风生羽翼,须臾失浪委泥沙。"宾王后与敬业兴兵扬州,大败,投江而死。此其谶也。

麟德已来,百姓饮酒唱歌,曲终而不尽者号为"族盐"。后阎知微从突厥领贼破赵、定。后知微来,则天大怒,磔于西市,命百官射之。河内王武懿宗去七步,射三发,皆不中,其怯懦也如此。知微身上箭如猬毛,到其骨肉,夷其九族,疏亲及不相识者皆斩之。小儿年七八岁,驱抱向西市,百姓哀之,掷饼果与者,相争夺以为戏笑。监刑御史不忍害,奏舍之。其"族盐"之言,于斯应也。

赵公长孙无忌以乌羊毛为浑脱毡帽,天下慕之,其帽为"赵公浑脱"。后坐事长流岭南。浑脱之言,于是效焉。

魏王为巾子向前踣,天下欣欣慕之,名为"魏王踣"。后坐死。至孝和时，陆颂亦为巾子同此样，时人又名为"陆颂踏"。未一年而陆颂殒。

永徽后，天下唱《武媚娘歌》，后立武氏为皇后。大帝崩，则天临朝，改号大周。二十余年，武后强盛，武三王梁、魏、定等并开府，自余郡王十余人，几迁鼎矣。

咸亨以后，人皆云："莫浪语，阿婆嗔，三叔闻时笑杀人。"后果则天即位，至孝和嗣之。阿婆者，则天也；三叔者，孝和为第三也。

魏仆射子名叔麟，谶者曰："'叔麟'，反语'身戮'也。"后果被罗织而诛。

梁王武三思，唐神龙初改封德靖王。谶者言："'德靖'，'鼎贼'也。"果有窥鼎之志，被郑克等斩之。

天后时，谣言曰："张公吃酒李公醉。"张公者，斥易之兄弟也；李公者，言李氏大盛也。

孙佺为幽州都督，五月北征。时军师李处郁谏："五月南方火，北方水，火入水必灭。"佺不从，果没八万人。昔窦建德救王世充于牛口谷，时谓窦入牛口，岂有还期。果被秦王所擒。其孙佺之北也，处郁曰："飱若入咽，百无一全。"山东人谓温饭为飱音孙，幽州以北并为燕地，故云。

龙朔年已来，百姓饮酒作令云："子母相去离，连台拗倒。"子母者，盏与盘也；连台者，连盘拗倒盏也。及天后永昌中，罗织事起，有宿卫十余人于清化坊饮，为此令。此席人进状告之，十人皆弃市。自后庐陵徙均州，则子母相去离也；连台拗倒者，则天被废，诸武迁放之兆。

神武皇帝七月即位，东都白马寺铁像头无故自落于殿门外。自后捉搦僧尼严急，令拜父母等，未成者并停革，后出者科决，还俗者十八九焉。

开元五年春，司天奏："玄象有眚见，其灾甚重。"玄宗震惊，问曰："何祥？"对曰："当有名士三十人同日冤死。今新及第进士正应其数。"其年及第李蒙者，贵主家婿。上不言其事，密戒主曰："每有大游宴，汝爱婿可闭留其家。"主居昭国里，时大合乐，音曲远畅，曲江涨水，联舟数艘，进士毕集。蒙闻，乃逾垣奔走，群众惬望。才登舟，移就水中，画舸平沉，声妓、篙工不知纪极，三十进士无一生者。

夏侯处信为荆州长史，有宾过之，处信命仆作食。仆附耳语曰："溲几许面？"信曰："两人二升即可矣。"仆入，久不出，宾以事告去。信遽呼仆，仆曰："已溲讫。"信鸣指曰："大异事。"良久乃曰："可总燔作饼，吾公退食之。"信又尝以一小瓶贮醯一升自食，家人不沾余沥。仆云："醋尽。"信取瓶合于掌上，余数滴，因以口吸之。凡市易，必经手乃授直。识者鄙之。

广州录事参军柳庆独居一室，器用食物并致卧内。奴有私取盐一撮者，庆鞭之见血。

夏侯彪夏月食饮，生虫在下，未曾沥口。尝送客出门，奴盗食脔肉。彪还觉之，大怒，乃捉蝇与食，令呕出之。

郑仁凯为密州刺史，有小奴告以履穿，凯曰："阿翁为汝经营鞋。"有顷，门夫着鞋者至。凯厅前树上有鸒窠（鸒，啄木也），遣门夫上树取其子。门夫脱鞋而缘之。凯令奴着鞋而去，门夫竟至徒跣。凯有德色。

安南都护邓祐，韶州人，家巨富，奴婢千人。恒课口腹自供，未曾设客。孙子将一鸭私用，祐以擅破家资，鞭二十。

韦庄颇读书，数米而炊，秤薪而爨，炙少一脔而觉之。一子八岁而卒，妻敛以时服。庄剥取，以故席裹尸，殡讫，擎其席而归。其忆念也，呜咽不自胜，惟悭吝耳。

怀州录事参军路敬潜遭綦连辉事，于新开推鞫，免死配流。后诉雪，授睦州遂安县令。前邑宰皆卒于官，潜欲不赴。其妻曰："君若合死，新开之难早已无身，今得县令，岂非命乎？"遂至州。去县水路数百里上，寝堂两间有三殡坑，皆埋旧县令，潜命坊夫填之。有枭鸣于屏风，又鸣于承尘上，并不以为事。每与妻对食，有鼠数十头，或黄或白，或青或黑，以杖驱之，则抱杖而叫。自余妖怪，不可具言。至四考满，一无所失，选授卫令，除卫州司马。入为郎中，位至中书舍人。

周甘子布博学有才，年十七为左卫长史，不入五品。登封年病，以驴舆强至岳下，天恩加两阶，合入五品，竟不能起。邻里亲戚来贺，衣冠不得，遂以绯袍覆其上，帖然而终。

太常卿卢崇道坐女婿中书令崔湜反，羽林郎将张仙坐与薛介然口陈欲反之状，俱流岭南。经年，无日不悲号，两目皆肿，不胜凄楚，遂并逃归。崇道至都宅藏隐。为男娶崔氏女未成，有内给使来取充贵人，崇道乃赂给使，别取一崔家女去入内。事败，给使具承，掩崇道，并男三人亦被纠捉，敕杖各决一百，俱至丧命。

青州刺史刘仁轨知海运，失船极多，除名为民，遂辽东效力。遇病，卧平壤城下，褰幕看兵士攻城。有一卒直来前头背坐，叱之不去，仍恶骂曰："你欲看，我亦欲看，何预汝事？"不肯去。须臾城头放箭，正中心而死。微此兵，仁轨几为流矢所中。

任之选与张说同时应举，后说为中书令，之选竟不及第。来谒张公，公遗绢一束，以充粮用。之选将归，至舍不经一两日，疾大作，将绢市药，绢尽疾自损。非但此度，余处亦然，何薄命之甚也！

杭州刺史裴有敵疾甚，令钱塘县主簿夏荣看之。荣曰："使君百无一虑，夫人早须崇福以禳之。"崔夫人曰："禳须何物？"荣曰："使君娶二姬以压之，出三年则危过矣。"夫人怒曰："此獠狂语，儿在身无病。"荣退曰："夫人不信，荣不敢言。使君命合有三妇，若不更娶，于夫人不祥。"夫人曰："乍可死，此事不相当也。"其年夫人暴亡，敵更娶二姬，荣言信矣。

平王诛逆韦，崔日用将兵杜曲，诛诸韦略尽，襁子中婴孩亦捏杀之。诸杜滥及者非一。浮休子曰：此逆韦之罪，疏族何辜！亦如冉闵杀胡，高鼻者横死；董卓诛阉人，无须者枉戮。死生，命也。

逆韦之变，吏部尚书张嘉福河北道存抚使，至怀州武涉驿，有敕所至处斩之。寻有敕矜放。使人马上昏睡，迟行一驿，比至，已斩讫。命非天乎，天非命乎！

沈君亮见冥道事：上元年中，吏部员外张仁祎延生问曰："明公看祎何当迁？"亮曰："台郎坐不暖席，何虑不迁。"俄而祎如厕，亮谓诸人曰："张员外总十余日活，何暇忧官职乎？"后七日而祎卒。

虔州司士刘知元摄判司仓，大酺时，司马杨舜臣谓之曰："买肉必须含胎，肥脆可食，余瘦不堪。"知元乃拣取怀孕牛犊及猪羊驴等杀之,其胎仍动,良久乃绝。无何,舜臣一奴无病而死,心上仍暖,七日而苏。云见一水犊白额,并子随之,见王诉云:"怀胎五个月,枉杀母子。"须臾又见猪羊驴等皆领子来诉,见刘司士答款,引杨司马处分如此。居三日而知元卒亡,又五日而舜臣死。

率更令张文成,枭晨鸣于庭树,其妻以为不祥,连唾之。文成云:"急洒扫,吾当改官。"言未毕,贺客已在门矣。又一说,文成景云二年为鸿胪寺丞,帽带及绿袍并被鼠啮。又蜘蛛大如栗,当寝门上悬丝。经数日大赦,加阶授五品。男不宰鼠亦啮腰带欲断,寻选授博野尉。

隋大业之季,猫鬼事起。家养老猫为厌魅,颇有神灵,递相诬告,京师及郡县被诛戮者数千余家,蜀王秀皆坐之。隋室既亡,其事亦寝矣。

仪凤年中,有长星半天,出东方,三十余日乃灭。自是土番叛,匈奴反,徐敬业乱,白铁余作逆,博、豫骚动,忠、万强梁,契丹翻营府,突厥破赵、定,麻仁节、张玄遇、王孝杰等皆没百万众。三十余年,兵革不息。

调露之后,有鸟大如鸠,色如乌鹊,飞若风声,千万为队,时人谓之鹨雀,亦名突厥雀。若来突厥必至,后至无差。

天授中,则天好改新字,又多忌讳。有幽州人寻如意上封云:"国字中'或',或乱天象,请□中安'武'以镇之。"则天大喜,下制即依。月余有上封者云:"'武'退在□中,与囚字无异,不祥之甚。"则天愕然,遽追制,改令中为"八方"字。后孝和即位,果幽则天于上阳宫。

长安二年九月一日,太阳蚀尽,默啜贼到并州。至十五日夜,月蚀尽,贼并退尽。俗谚曰:"枣子塞鼻孔,悬楼阁却种。"又云:"蝉鸣蛁蟟唤,黍种糕糜断。"又谚云:"春雨甲子,赤地千里。夏雨甲子,乘船入市。秋雨甲子,禾头生耳。冬雨甲子,鹊巢下地,其年大水。"

长安四年十月,阴,雨雪,一百余日不见星。正月,诛张易之、昌宗等,则天废。

幽州都督孙佺之入贼也,薛讷与之书曰:"季月不可入贼,大凶也。"佺曰:"六月宣王北伐,讷何所知。有敢言兵出不复者斩。"出军之日,有白虹垂头于军门。其夜,大星落于营内,兵将无敢言者。军行后,幽州界内鸦乌鸥鸢等并失,皆随军去。经二旬而军没,乌鸢食其肉焉。

延和初七日,太白昼见经天。其月,太上皇逊帝位,此易主之应也。至八月九日,太白仍昼见,改元先天。至二月七日,太上皇废,诛中书令萧至忠、侍中岑羲;流崔湜,寻诛之。

开元二年五月二十九日夜,大流星,如瓮或如盆大者贯北斗,并西北小者随之,无数天星尽摇,至晓乃止。七月,襄王崩,谥殇帝。十月,土番入陇右,掠羊马,杀伤无数。其年六月,大风拔树发屋,长安街中树连根出者十七八。长安城初建,隋将作大匠高颍所植槐树殆三百余年,至是拔出。终南山竹开花结子,绵亘山谷,大小如麦。其岁大饥,其竹并枯死。岭南亦然,人取而食之。醴泉雨面如米颗,人可食之。后汉襄楷云:“国中竹柏枯者,不出三年,主当之。”人家竹结实枯死者,家长当之。终南竹花枯死者,开元四年而太上皇崩。

开元五年,洪、潭二州复有火灾,昼日人见火精赤燉燉,所诣即火起。东晋时,王弘为吴郡太守,亦有此灾。弘挞部人,将为不慎。后坐厅事,见一物赤如信幡,飞向人家舍上,俄而火起。方知变不复由人,遭蓺人家遂免笞罚。

开元八年,契丹叛,关中兵救营府,至渑池缺门,营于榖水侧。夜半水涨,漂二万余人。惟行纲夜樗蒲不睡,据高获免。村店并没尽。上阳宫中水溢,宫人死者十七八。其年京兴道坊一夜陷为池,没五百家。初,邓州三鸦口见二小儿以水相泼,须臾有大蛇十围已上,张口向天。人或有斫射者。俄而云雨晦冥,雨水漂二百家,小儿及蛇不知所在。

洛阳县令宋之逊性好唱歌,出为连州参军。刺史陈希古者,庸人也,令之逊教婢歌。每日端笏立于庭中,呦呦而唱,其婢隔窗从而和之。闻者无不大笑。

卷二

北齐南阳王入朝，上问何以为乐，王曰："致蝎最乐。"遂收蝎，一宿得五斗，置大浴斛中。令一人脱衣而入，被蝎螫死，宛转号叫，苦痛不可言，食顷而死。帝与王看之。

隋末荒乱，狂贼朱粲起于襄、邓间。岁饥，米斛万钱亦无得处，人民相食。粲乃驱男女小大仰一大铜钟，可二百石，煮人肉以喂贼。生灵歼于此矣。

周恩州刺史陈承亲，岭南大首领也，专使子弟兵劫江。有一县令从安南来，承亲凭买二婢，令有难色。承亲每日重设邀屈，甚殷勤。送别江亭，即遣子弟兵寻复劫杀，尽取财物。将其妻及女至州，妻叩头求作婢，不许，亦缢杀之。取其女。前后官人家过亲，礼遇厚者，必随后劫杀，无人得免。

周杭州临安尉薛震好食人肉。有债主及奴诣临安，于客舍遂饮之醉，杀而脔之，以水银和煎，并骨销尽。后又欲食其妇，妇觉而遁之。县令诘，具得其情，申州录事奏，奉敕杖一百而死。

周岭南首领陈元光设客，令一袍袴行酒。光怒，令拽出，遂杀之。须臾烂煮以食客。后呈其二手，客惧，攫喉而吐。

周瀛州刺史独孤庄酷虐，有贼问不承，庄引前曰："若健儿，一一具吐放汝。"遂还巾带，贼并吐之。诸官以为必放。顷庄曰："将我作具来。"乃一铁钩，长丈余，甚铦利。以绳挂于树间，谓贼曰："汝不闻'健儿钩下死'？"令以胲钩之，遣壮士掣其绳，则钩出于脑矣。谓司法曰："此法何似？"答曰："吊民伐罪，深得其宜。"庄大笑。后庄左降施州刺史，染病，唯忆人肉。部下有奴婢死者，遣人割肋下肉食之。岁余卒。

周推事使索元礼，时人号为"索使"。讯囚作铁笼头，鬐^{呼角反}其头，仍加楔焉，多至脑裂髓出。又为"凤晒翅"、"狝猴钻火"等。以橼关手足而转之，并研骨至碎。又悬囚于梁下，以石缒头。其酷法如此。元礼故胡人,薛师之假父。后坐赃贿,流死岭南。

周来俊臣罗织人罪,皆先进状,敕依奏,即籍没。徐有功出死囚,亦先进状,某人罪合免,敕依,然后断雪。有功好出罪,皆先奉进止,非是自专。张汤探人主之情,盖为此也。

羽林将军常元楷,三代告密得官。男彦玮告刘诚之破家,彦玮处侍御。先天二年七月三日,楷以反逆诛,家口配流。可谓积恶之家殃有余也。

周补阙乔知之有婢碧玉,姝艳能歌舞,有文华。知之时幸,为之不婚。伪魏王武承嗣暂借教姬人妆梳,纳之,更不放还知之。知之乃作《绿珠怨》以寄之,其词曰:"石家金谷重新声,明珠十斛买娉婷。此日可怜偏自许,此时歌舞得人情。君家闺阁不曾观,好将歌舞借人看。意气雄豪非分理,骄矜势力横相干。辞君去君终不忍,徒劳掩袂伤铅粉。百年离恨在高楼,一代容颜为君尽。"碧玉读诗,饮泪不食。三日,投井而死。承嗣撩出尸,于裙带上得诗,大怒,乃讽罗织人告之。遂斩知之于南市,破家籍没。

周张易之为控鹤监,弟昌宗为秘书监,昌仪为洛阳令,竞为豪侈。易之为大铁笼,置鹅鸭于其内,当中爇炭火,铜盆贮五味汁。鹅鸭绕火走,渴即饮汁,火炙痛即回,表里皆熟,毛落尽,肉赤烘烘乃死。昌宗活拦驴于小室内,起炭火,置五味汁如前法。昌仪取铁橛钉入地,缚狗四足于橛上,放鹰鹞活按其肉食,肉尽而狗未死,号叫酸楚,不复可听。易之曾过昌仪,忆马肠,取从骑破胁取肠,良久乃死。后诛易之、昌宗等,百姓脔割其肉,肥白如猪肪,煎炙而食。昌仪打双脚折,抉取心肝而后死,斩其首送都。谚云"走马报"。

周秋官侍郎周兴推勘残忍,法外苦楚无所不为,时人号"牛头阿婆"。百姓怨谤,兴乃牓门判曰:"被告之人,问皆称枉。斩决之后,咸悉无言。"

周侍御史侯思止,醴泉卖饼食人也,罗告准例酬五品。于上前索御史,上曰:"卿不识字。"对曰:"獬豸岂识字? 但为国触罪人而已。"遂授之。凡推勘,杀戮甚众,更无余语,但谓囚徒曰:"不用你书言笔语,但还我白司马。若不肯来俊,即与你孟青。"横遭苦楚非命者,不可胜数。白司马者,北邙山白司马坂也;来俊者,中丞来俊臣也;孟青者,将军孟青棒也。后坐私蓄锦,朝堂决杀之。

周明堂尉吉顼夜与监察御史王助同宿。王助以亲故,为说綦连耀男大觉、小觉云:"应两角麒麟也。耀字光翟,言光宅天下也。"顼明日录状付来俊臣,敕差河内王懿宗推,诛王助等四十一人,皆破家。后俊臣犯事,司刑断死,进状三日不出,朝野怪之。上入苑,吉顼拢马,上问在外有何事意,顼奏曰:"臣幸预控鹤,为陛下耳目,在外惟怪来俊臣状不出。"上曰:"俊臣于国有功,朕思之耳。"顼奏曰:"于安远告虺贞反,其事并验,今贞为成州司马。俊臣聚结不逞,诬遘贤良,赃贿如山,冤魂满路,国之贼也,何足惜哉!"上令状出,诛俊臣于西市。敕追于安远还,除尚食奉御,顼有力焉。除顼中丞,赐绯。顼理綦连耀事,以为己功,授天官侍郎、平章事。与河内王竞,出为温州司马,卒。

成王千里使岭南,取大蛇八九尺,以绳缚口,横于门限之下。州县参谒者,呼令入门,但知直视,无复瞻仰,踏蛇而惊,惶惧僵仆,被蛇绕数匝。良久解之,以为戏笑。又取龟及鳖,令人脱衣,纵龟等啮其体,终不肯放,死而后已。其人酸痛号呼,不可复言。王与姬妾共看,以为玩乐。然后以竹刺龟等口,遂啮竹而放人;艾灸鳖背,灸痛而放口。人被试者皆失魂至死,不平复矣。

朔方总管张仁亶好杀。时有突厥投化,亶乃作檄文骂默啜,言词甚不逊。书其腹背,凿其肌肤,涅之以墨,炙之以火,不胜楚痛,日夜作虫鸟鸣。然后送与默啜,识字者宣讫,脔而杀之。匈奴怨望,不敢降。

殿中侍御史王旭括宅中别宅女妇风声色目,有稍不承者,以绳勒其阴,令壮士弹竹击之,酸痛不可忍。倒悬一女妇,以石缒其发,遣证与长安尉房恒奸,经三日不承。女妇曰:"侍御如此,若毒儿死,必诉于冥司;若配入宫,必申于主上。终不相放。"旭惭惧,乃舍之。

监察御史李嵩、李全交,殿中王旭,京师号为"三豹"。嵩为赤羆豹,交为白额豹,旭为黑豹。皆狼戾不轨,鸩毒无仪,体性狂疏,精神惨刻。每讯囚,必铺棘卧体,削竹签指,方梁压踝,碎瓦搘膝,遣作仙人献果、玉女登梯、犊子悬驹、驴儿拔橛、凤凰晒翅、狝猴钻火、上麦索、下阑单，人不聊生，囚皆乞死。肆情锻炼，证是为非；任意指麾，傅空为实。周公、孔子，请伏杀人，伯夷、叔齐，求其劫罪。讯劾干椹，水必有期；推鞫湿泥，尘非不久。来俊臣乞为弟子，索元礼求作门生。被追者皆相谓曰："牵牛付虎，未有出期；缚鼠与猫，终无脱日。妻子永别，友朋长辞。"京中人相要，作咒曰："若违心负教，横遭三豹。"其毒害也如此。

京兆人高丽家贫，于御史台替勋官递送文牒。其时令史作伪帖，付高丽追人，拟吓钱。事败，令史逃走，追讨不获。御史张孝嵩捉高丽拷，膝骨落地，两脚俱挛，抑遣代令史承伪。准法断死讫，大理卿状上：故事，准《名例律》，笃疾不合加刑。孝嵩勃然作色曰："脚挛何废造伪!"命两人昇上市，斩之。

周黔府都督谢祐凶险忍毒。则天朝，徙曹王于黔中，祐吓云则天赐自尽，祐亲奉进止，更无别敕。王怖而缢死。后祐于平阁上卧，婢妾十余人同宿，夜不觉刺客截祐首去。后曹王破家，簿录事得祐头，漆之，题"谢祐"字，以为秽器。方知王子令刺客杀之。

周默啜之陷恒、定州，和亲使杨齐庄敕授三品，入匈奴，遂没贼。将至赵州，褒公段瓒同没，唤庄共出走。庄惧，不敢发，瓒遂先归。则天赏之，复旧任。齐庄寻至，敕付河内王懿宗鞫问。庄曰："昔有人相庄，位至三品，有刀箭厄。庄走出被赶，斫射不死，走得脱来，愿王哀之。"懿宗性酷毒，奏庄初怀犹豫，请杀之，敕依。引至天津桥南，于卫士铺鼓格上缚磔手足。令段瓒先射，三发皆不中；又段瑾射之，中。又令诸司百官射，箭如猬毛，仍气喋喋然微动。即以刀当心直下，破至阴，割取心掷地，仍趌趌跳数十回。懿宗忍毒如此。

杨务廉，孝和时造长宁、安乐宅仓库成，特授将作大匠，坐赃数千万免官。又上章奏闻陕州三门，凿山烧石，岩侧施栈道牵船。河流湍急，所顾夫并未与价直，苟牵绳一断，栈梁一绝，则扑杀数十人。取顾夫钱籴米充数，即注夫逃走，下本贯禁父母兄弟妻子。牵船皆令系二瓠于胸背，落栈着石，百无一存，满路悲号，声动山谷。皆称杨务廉人妖也，天生此妖以破残百姓。

监察御史李全交素以罗织酷虐为业，台中号为“人头罗刹”；殿中王旭号为“鬼面夜叉”。讯囚引枷柄向前，名为驴驹拔橛；缚枷头着树，名曰犊子悬车；两手捧枷，累砖于上，号为仙人献果；立高木之上，枷柄向后拗之，名玉女登梯。考柳州典廖福、司门令史张性，并求神狐魅，皆遣唤鹤作凤，证蛇成龙也。

陈怀卿，岭南人也，养鸭百余头。后于鸭栏中除粪，粪中有光爚爚然。以盆水沙汰之，得金十两。乃觇所食处，于舍后山足下，因凿有麸金，销得数十斤，时人莫知。卿遂巨富，仕至梧州刺史。

周长安年初，前遂州长江县丞夏文荣，时人以为判冥事。张鷟时为御史，出为处州司仓，替归，往问焉。荣以杖画地，作“柳”字，曰：“君当为此州。”至后半年，除柳州司户，后改德州平昌令。荣刻时日，晷漏无差。又苏州嘉兴令杨廷玉，则天之表侄也，贪狠无厌，著词曰：“回波尔时廷玉，打獠取钱未足。阿姑婆见作天子，旁人不得枨触。”差摄御史康訔推奏断死。时母在都，见夏文荣，荣索一千张白纸，一千张黄纸，为廷玉祷，后十日来。母如其言，荣曰：“且免死矣，后十日内有进止。”果六日有敕，杨廷玉改尽老母残年。又天官令史柳无忌造荣，荣书“卫汉郴”字，曰：“卫多不成，汉、郴二州交加不定。”后果唱卫州录事。关重，即唱汉州录事。时鸾台凤阁令史进状，诉天官注拟不平。则天责侍郎崔玄晔，玄晔奏：“臣注官极平。”则天曰：“若尔，吏部令史官共鸾台凤阁交换。”遂以无忌为郴州平阳主簿，鸾台令史为汉州录事焉。

周司礼卿张希望移旧居改造，见鬼人冯毅见之曰：“当新堂下有一伏尸，晋朝三品将军，极怒，公可避之。”望笑曰：“吾少长已来，未曾知此事，公毋多言。”后月余日，毅入，见鬼持弓矢随希望后，迨登阶，鬼引弓射中肩髆间。望觉背痛，以手抚之，其日卒。

周左司郎中郑从简所居厅事常不佳，令巫者观之，果有伏尸姓宗，妻姓寇，在厅基之下。使问之，曰：“君坐我门上，我出入常值君，君自不好，非我之为也。”掘之三丈，果得旧骸，有铭如其言。移出改葬，于是遂绝。

周地官郎中房颖叔除天官侍郎，明日欲上。其夜，有厨子王老夜半起,忽闻外有人唤云:"王老不须起,房侍郎不上,后三日李侍郎上。"王老却卧至晓。房果病起,数日而卒。所司奏状下,即除李迥秀为侍郎,其日谢,即上。王老以其言问诸人,皆云不知,方悟是神明所告也。

北齐稠禅师,邺人也,幼落发为沙弥。时辈甚众,每休暇,常角力腾趠为戏。而禅师以劣弱见凌,给侮殴击者相继,禅师羞之。乃入殿中,闭户抱金刚足而誓曰:"我以羸弱为等类轻侮,为辱已甚,不如死也。汝以力闻,当佑我。我捧汝足七日,不与我力,必死于此,无还志。"约既毕,因至心祈之。初一两夕,恒尔,念益固。至六日将曙,金刚形见,手执大钵,满中盛筋,谓稠曰:"小子欲力乎?"曰:"欲。""念至乎?"曰:"至。""能食筋乎?"曰:"不能。"神曰:"何故?"稠曰:"出家人断肉故。"神因操钵举匕,以筋食之。禅师未敢食,乃怖以金刚杵,稠惧遂食。斯须食毕,神曰:"汝已多力,然善持教,勉旃!"神去且晓,乃还所居。诸同列问曰:"竖子顷何至?"稠不答。须臾于堂中会食,食毕,诸同列又戏殴,禅师曰:"吾有力,恐不堪于汝。"同列试引其臂,筋骨强劲,殆非人也。方惊疑,禅师曰:"吾为汝试之。"因入殿中,横塌壁行,自西至东凡数百步,又跃首至于梁数四。乃引重千钧,其拳捷骁武劲。先轻侮者俯伏流汗,莫敢仰视。禅师后证果,居于林虑山。入山数十里,精庐殿堂,穷极壮大,诸僧从而禅者常数千人。齐文宣帝怒其聚众,因领骁骑数万,躬自往讨,将加白刃焉。禅师是日领僧徒谷口迎候,文宣问曰:"师何遽此来?"稠曰:"陛下将杀贫僧,恐山中血污伽蓝,故此谷口受戮。"文宣大惊,降驾礼谒,请许其悔过。禅师亦无言。文宣命设馔,施毕,请曰:"闻师金刚处祈得力,今欲见师效少力,可乎?"稠曰:"昔力者,人力耳。今为陛下见神力,欲见之乎?"文宣曰:"请与同行寓目。"先是,禅师造寺,诸方施木数千根,卧在谷口。禅师咒之,诸木起立空中,自相搏击,声若雷霆,斗触摧折,缤纷如雨。文宣大惧。从官散走,文宣叩头请止之。因敕禅师度人造寺,无得禁止。后于并州营幢子未成,遘病,临终叹曰:"夫生死者,人之大分,如来尚所未免。但功德未成,以此为恨耳。死后愿为大力长者,继成此功。"言终而化。至后三十年,隋帝过并州见此寺,心中涣然记忆,有似旧修行处,顶礼恭敬,无所不为。处分并州大兴营葺,其寺遂成。时人谓帝大力长者云。

真腊国在骥州南五百里。其俗有客设槟榔、龙脑香、蛤屑等,以为赏宴。其酒比之淫秽,私房与妻共饮,对尊者避之。又行房不欲令人见,此俗与中国同。国人不着衣服,见衣服者共笑之。俗无盐铁,以竹弩射虫鸟。

五溪蛮父母死,于村外阁其尸,三年而葬。打鼓路歌,亲属饮宴舞戏一月余日。尽产为棺,于临江高山半肋凿龛以葬之。自山上悬索下柩,弥高者以为至孝,即终身不复祀祭。初遭丧,三年不食盐。

岭南獠民好为蜜唧。即鼠胎未瞬、通身赤蠕者,饲之以蜜,钉之筵上,嗫嗫而行。以箸夹取啖之,唧唧作声,故曰蜜唧。

梁有磕头师者,极精进,梁武帝甚敬信之。后敕使唤磕头师,帝方与人棋,欲杀一段,应声曰:“杀却。”使遽出而斩之。帝棋罢,曰唤师。使答曰:“向者陛下令人杀却,臣已杀讫。”帝叹曰:“师临死之时有何言?”使曰:“师云:‘贫道无罪。前劫为沙弥时,以锹划地,误断一曲蟮。帝时为蟮,今此报也。’”帝流泪悔恨,亦无及焉。

建昌王武攸宁别置勾使,法外枉征财物,百姓破家者十而九,告冤于天,吁嗟满路。为大库长百步,二百余间,所征获者贮在其中。天火烧之,一时荡尽。众口所咒,攸宁寻患足肿,粗于瓮,其酸楚不可忍,数月而终。

乾封年中,京西明寺僧昙畅将一奴二骡,向岐州稜法师处听讲。道逢一道人,着衲帽弊衣,搯数珠,自云贤者五戒。薄暮至马嵬店宿,五戒礼佛诵经,半夜不歇,畅以为精进。并坐至四更,即共同发。去店十余里,忽袖中出两刃刀矛,便刺杀畅。其奴下马入草走避。五戒骑骡,驱驮即去。主人未晓,梦畅告云:“昨夜五戒杀贫道。”须臾奴走到,告之如梦。时同宿三卫子执持弓箭,乘马赶四十余里,以弓箭拟之,即下骡乞死。缚送县,决杀之。

后魏末,嵩阳杜昌妻柳氏甚妒。有婢金荆,昌沐,令理发,柳氏截其双指。无何,柳被狐刺螫,指双落。又有一婢名玉莲,能唱歌,昌爱而叹其善,柳氏乃截其舌。后柳氏舌疮烂,事急,就稠禅师忏悔。禅师已先知,谓柳氏曰:"夫人为妒,前截婢指,已失指;又截婢舌,今又合断舌。悔过至心,乃可以免。"柳氏顶礼求哀。经七日,禅师令大张口,咒之,有二蛇从口出,一尺以上。急咒之,遂落地,舌亦平复。自是不复妒矣。

贞观中,濮阳范略妻任氏,略先幸一婢,任以刀截其耳鼻,略不能制。有顷,任有娠,诞一女,无耳鼻。女年渐大,其婢仍在。女问,具说所由,女悲泣,以恨其母。母深有愧色,悔之无及。

广州化蒙县丞胡亮从都督周仁轨讨獠,得一首领妾,幸之。至县,亮向府不在,妻贺氏乃烧钉烙其双目,妾遂自缢死。后贺氏有娠,产一蛇,两目无睛。以问禅师,师曰:"夫人曾烧铁烙一女妇眼,以夫人性毒,故为蛇报,此是被烙女妇也。夫人好养此蛇,可以免难。不然祸及身矣。"贺氏养蛇一二年渐大,不见物,惟在衣被中。亮不知也,拨被见蛇,大惊,以刀斫杀之。贺氏两目俱枯,不复见物,悔而无及焉。

梁仁裕为骁卫将军,先幸一婢,妻李氏甚妒而虐,缚婢击其脑。婢号呼曰:"在下卑贱,势不自由。娘子锁项,苦毒何甚!"婢死。后月余,李氏病,常见婢来唤。李氏头上生四处瘅疽,脑溃,昼夜鸣叫,苦痛不胜,数月而卒。

荆州枝江县主簿夏荣判冥司。县丞张景先宠其婢,厥妻杨氏妒之。景出使不在,妻杀婢,投之于厕。景至,绐之曰婢逃矣。景以妻酷虐,不问也。婢讼之于荣。荣追对之,问景曰:"公夫人病困。"说形状。景疑其有私也,怒之。荣曰:"公夫人枉杀婢,投于厕。今见推勘,公试问之。"景悟,问其妇。妇病甚,具首其事。荣令厕内取其骸骨,香汤浴之,厚加殡葬。婢不肯放,月余而卒。

左仆射韦安石女适太府主簿李训。训未婚以前有一妾,成亲之后遂嫁之,已易两主。女患传尸瘦病,恐妾厌祷之,安石令河南令秦守一捉来,榜掠楚苦,竟以自诬。前后决三百以上,投井而死。不出三日,其女遂亡,时人咸以为冤魂之所致也。安石坐贬蒲州,太极元年八月卒。

王弘,冀州恒水人,少无赖,告密罗织善人。曾游河北赵、贝,见老人每年作邑斋,遂告二百人,授游击将军。俄除侍御史。时有告胜州都督王安仁者,密差弘往推索,大枷夹颈,安仁不承伏。遂于枷上斫安仁死,便即脱之。其男从军,亦擒而斩之。至汾州,与司马毛公对食,须臾喝下,斩取首级,百姓震悚。后坐诬枉流雷州,将少姬花严,素所宠也。弘于舟中伪作敕追,花严谏曰:"事势如此,何忍更为不轨乎?"弘怒曰:"此老妪欲败吾事。"缚其手足,投之于江。船人救得之,弘又鞭二百而死,埋于江上。俄而伪敕发,御史胡元礼推之,锢身领回。至花严死处,忽云"花严来唤对事"。左右皆不见,唯弘称"叩头死罪",如受枷棒之声,夜半而卒。

余杭人陆彦夏月死十余日,见王,云:"命未尽,放归。"左右曰:"宅舍亡坏不堪。"时沧州人李谈新来,其人合死,王曰:"取谈宅舍与之。"彦遂入谈枢中而苏,遂作吴语,不识妻子,具说其事。遂向余杭访得其家,妻子不认,具陈由来,乃信之。

天后中,涪州武龙界多虎暴。有一兽似虎而绝大,日正中,逐一虎直入人家,噬杀之,亦不食其肉。自是县界不复有虎矣。录奏,检《瑞图》乃酋耳,不食生物,有虎暴则杀之。

天后中,成王千里将一虎子来宫中养,损一宫人,遂令生饿,数日而死。天后令葬之,其上起塔,设千人供,勒碑号为"虎塔"。至今犹在。

傅黄中为越州诸暨县令,有部人饮大醉,夜中山行,临崖而睡。忽有虎临其上而嗅之,虎须入醉人鼻中,遂喷嚏,声震虎,遂惊跃,便即落崖。腰胯不遂,为人所得。

阳城居夏县,拜谏议大夫;郑钢—本作锢居阆乡,拜拾遗;李周南居曲江,拜校书郎。时人以为转远转高,转近转卑。

袁守一性行浅促,时人号为"料斗㿝翁鸡"。任万年尉,雍州长史窦怀贞每欲鞭之。乃于中书令宗楚客门饷生菜,除监察,怀贞未知也。贞高揖曰:"驾欲出,公作如此检校。"守一即弹之。月余,贞除左台御史大夫,守一请假不敢出,乞解。贞呼而慰之,守一兢惕不已。楚客知之,为除右台侍御史,于朝堂抗衡于贞曰:"与公罗师。"罗师者,市郭儿语,无交涉也。无何,楚客以反诛,守一以其党配流端州。

黄门侍郎崔泰之哭特进李峤诗曰："台阁神仙地，衣冠君子乡。昨朝犹对坐，今日忽云亡。魂随司命鬼，魄遂阎罗王。此时罢欢笑，无复向朝堂。"

尚书右丞陆馀庆转洛州长史，其子嘲之曰："陆馀庆，笔头无力嘴头硬。一朝受词讼，十日判不竟。"送案褥下。馀庆得而读之，曰："必是那狗。"遂鞭之。

周定州刺史孙彦高被突厥围城数十重，不敢诣厅，文符须征发者于小窗接入，锁州宅门。及贼登垒，乃入匮中藏，令奴曰："牢掌钥匙，贼来索，慎勿与。"昔有愚人入京选，皮袋被贼盗去，其人曰："贼偷我袋，将终不得我物用。"或问其故，答曰："钥匙尚在我衣带上，彼将何物开之？"此孙彦高之流也。

姜师度好奇诡，为沧州刺史兼按察，造抢车运粮，开河筑堰，州县鼎沸。于鲁城界内种稻置屯，穗蟹食尽，又差夫打蟹。苦之，歌曰："卤地抑种稻，一概被水沫。年年索蟹夫，百姓不可活。"又为陕州刺史，以永丰仓米运将别征三钱，计以为费。一夕忽云得计，立注楼，从仓建槽，直至于河，长数千丈，而令放米。其不快处，具大杷推之，米皆损耗，多为粉末。兼风激扬，凡一函失米百石，而动即千万数。遣典庾者偿之，家产皆竭；复遣输户自量，至有偿数十斛者。甚害人，方停之。

岐王府参军石惠恭与监察御史李全交诗曰："御史非长任，参军不久居。待君迁转后，此职还到余。"因竞放牒往来，全交为之判十余纸以报，乃假手于拾遗张九龄。

御史中丞李谨度，宋璟引致之。遭母丧，不肯举发哀，讣到皆匿之。官寮苦其无用，令本贯瀛州申谨度母死。尚书省牒御史台，然后哭。其庸猥皆此类也。

王怡为中丞，宪台之秽；姜晦为掌选侍郎，吏部之秽；崔泰之为黄门侍郎，门下之秽。号为"京师三秽"。

阳滔为中书舍人，时促命制敕，令史持库钥他适，无旧本检寻，乃斫窗取得之。时人号为"斫窗舍人"。

国子进士一作祭酒辛弘智诗云："君为河边草，逢春心剩生。妾如堂上镜，得照始分明。"同房学士常定宗为改"始"字为"转"字，遂争此诗，皆云我作。乃下牒见博士，罗为宗判云："昔五字定表，以理切称奇；今一言竞诗，取词多为主。诗归弘智，'转'还定宗。以状牒知，任为公验。"

杭州参军独孤守忠领租船赴都，夜半急追集船人，更无他语，乃曰："逆风必不得张帆。"众大哂焉。

王熊为泽州都督，府法曹断掠粮贼，惟各决杖一百。通判，熊曰："总掠几人？"法曹曰："掠七人。"熊曰："掠七人，合决七百。法曹曲断，府司科罪。"时人哂之。前尹正义为都督公平，后熊来替，百姓歌曰："前得尹佛子，后得王癫獭。判事驴咬瓜，唤人牛嚼沫。见钱满面喜，无锸从头喝。尝逢饿夜叉，百姓不可活。"

冀州参军麹崇裕送司功入京诗云："崇裕有幸会，得遇明流行。司士向京去，旷野哭声哀。"司功曰："大才士。先生其谁？"曰："吴儿博士教此声韵。"司功曰："师明弟子哲。"

滑州灵昌尉梁士会，官科鸟翎，里正不送。举牒判曰："官唤鸟翎，何物里正，不送鸟翎！"佐使曰："公大好判，'鸟翎'太多。"会索笔曰："官唤鸟翎，何物里正，不送雁翅！"有识之士闻而笑之。

卷三

则天朝，太仆卿来俊臣之强盛，朝官侧目。上林令侯敏偏事之，其妻董氏谏止之曰："俊臣，国贼也，势不久。一朝事败，党附先遭，君可敬而远之。"敏稍稍引退。俊臣怒，出为涪州武龙令。敏欲弃官归，董氏曰："速去，莫求住。"遂行至州，投刺参州将，错题一张纸。州将展看，尾后有字，大怒曰："修名不了，何以为县令！"不放上。敏忧闷无已，董氏曰："且住，莫求去。"停五十日，忠州贼破武龙，杀旧县令，掠家口并尽。敏以不计上获全。后俊臣诛，逐其党流岭南，敏又获免。

唐冀州长史吉懋欲为男顼娶南宫县丞崔敬女，敬不许。因有故胁以求亲，敬惧而许之。择日下函，并花车卒至门首。敬妻郑氏初不知，抱女大哭，曰："我家门户低，不曾有吉郎。"女坚卧不起。其小女白其母曰："父有急难，杀身救解。设令为婢，尚不合辞，姓望之门，何足为耻！姊若不可，儿自当之。"遂登车而去。顼迁平章事，贤妻达节，谈者荣之。顼坐与河内王武懿宗争竞，出为温州司马而卒。

监察御史李畬母清素贞洁。畬请禄米送至宅，母遣量之，剩三石。问其故，令史曰："御史例不概剩。"又问车脚几钱，又曰："御史例不还脚钱。"母怒，令还所剩米及脚钱。以责畬，畬乃追仓官科罪。诸御史皆有惭色。

文昌左丞卢献女第二，先适郑氏，其夫早亡，誓不再醮。姿容端秀，言辞甚高。姊夫羽林将军李思冲，姊亡之后，奏请续亲，许之，兄弟并不敢白。思冲择日备礼，贽币甚盛。执贽就宅，卢氏拒关，抗声詈曰："老奴，我非汝匹也。"乃逾垣至所亲家截发。思冲奏之，敕不夺其志。后为尼，甚精进。

沧州弓高邓廉妻李氏女，嫁未周年而廉卒。李年十八守志，设灵几，每日三上食临哭，布衣蔬食六七年。忽夜梦一男子，容止甚都，欲求李氏为偶。李氏睡中不许之。自后每夜梦见，李氏竟不受。以为精魅，书符咒禁，终莫能绝。李氏叹曰："吾誓不移节，而为此所挠，盖吾容貌未衰故也。"乃拔刀截发，麻衣不濯，蓬鬓不理，垢面灰身。其鬼又谢李氏曰："夫人竹柏之操，不可夺也。"自是不复梦见。郡守旌其门间，至今尚有节妇里。

杨盈川侄女曰容华，幼善属文，尝为《新妆诗》，好事者多传之。诗曰："宿鸟惊眠罢，房栊乘晓开。凤钗金作缕，鸾镜玉为台。妆似临池出，人疑向月来。自怜终不见，欲去复徘徊。"

初，兵部尚书任瓌敕赐宫女二人，皆国色。妻妒，烂二女头发秃尽。太宗闻之，令上宫赍金壶瓶酒赐之，云："饮之立死。瓌三品，合置姬媵。尔后不妒，不须饮；若妒，即饮之。"柳氏拜敕讫，曰："妾与瓌结发夫妻，俱出微贱，更相辅翼，遂致荣官。瓌今多内嬖，诚不如死。"饮尽而卧。然实非鸩也，至夜半睡醒。帝谓瓌曰："其性如此，朕亦当畏之。"因诏二女令别宅安置。

隋开皇中，京兆韦衮有奴曰桃符，每征讨将行，有胆力。衮至左卫中郎，以桃符久从驱使，乃放从良。桃符家有黄犊，宰而献之，因问衮乞姓。衮曰："止从我姓为韦氏。"符叩头曰："不敢与郎君同姓。"衮曰："汝但从之，此有深意。"故至今为"黄犊子韦"，即韦庶人其后也。不许异姓者，盖虑年代深远，子孙或与韦氏通婚，此其意也。

则天后尝梦一鹦鹉，羽毛甚伟，两翅俱折。以问宰臣，群公默然。内史狄仁杰曰："鹉者，陛下姓也；两翅折，陛下二子庐陵、相王也。陛下起此二子，两翅全也。"武承嗣、武三思连项皆赤。后契丹围幽州，檄朝廷曰"还我庐陵、相王来"，则天乃忆狄公之言，曰："卿曾为我占梦，今乃应矣。朕欲立太子，何者为得？"仁杰曰："陛下内有贤子，外有贤侄，取舍详择，断在圣衷。"则天曰："我自有圣子，承嗣、三思是何疥癣！"承嗣等惧，掩耳而走。即降敕追庐陵，立为太子，充元帅。初募兵，无有应者，闻太子行，北邙山头皆兵满，无容人处。贼自退散。

薛季昶为荆州长史，梦猫儿伏卧于堂限上，头向外。以问占者张猷，猷曰："猫儿者，爪牙；伏门限者，阃外之事。君必知军马之要。"未旬日，除桂州都督、岭南招讨使。

给事中陈安平子年满赴选，与乡人李仙药卧。夜梦十一月养蚕，仙药占曰:"十一月养蚕,冬丝也,君必送东司。"数日,果送吏部。

饶阳李瞿云勋官番满选,夜梦一母猪极大,李仙药占曰:"母猪,豚主也,君必得屯主。"数日,果如其言。

张鹭曾梦一大鸟紫色,五彩成文,飞下至庭前不去。以告祖父,云:"此吉祥也。昔蔡衡云,凤之类有五:其色赤者,文章凤也;青者,鸾也;黄者,鹓鶵也;白者,鸿鹄也;紫者,鸑鷟也。此鸟为凤凰之佐,汝当为帝辅也。"遂以为名字焉。鹭初举进士,至怀州,梦庆云覆其身。其年对策,考功员外骞味道以为天下第一。又初为岐王属,夜梦着绯乘驴,睡中自怪:我绿衣当乘马,何为衣绯却乘驴?其年应举及第,授鸿胪丞。未经考而授五品,此其应也。

河东裴元质初举进士,明朝唱策,夜梦一狗从窦出,挽弓射之,其箭遂撤。以为不祥,问曹良史,曰:"吾往唱策之夜,亦为此梦。梦神为吾解之曰:狗者,第字头也;弓,第字身也;箭者,第竖也;有撤为第也。"寻而唱第,果如梦焉。

右丞卢藏用、中书令崔湜,太平党,被流岭南。至荆州,湜夜梦讲坐下听法而照镜,问善占梦张猷。谓卢右丞曰:"崔令公大恶梦。坐下听讲,法从上来也;镜字,金傍竟也。其竟于今日乎!"寻有御史陆遗勉赍敕令湜自尽。

洛州杜玄有牛一头,玄甚怜之。夜梦见其牛有两尾,以问占者李仙药,曰:"牛字有两尾,失字也。"经数日,果失之。

载初年中,来俊臣罗织,告故庶人贤二子夜遣巫祈祷星月,咒咀不道。栲楚酸痛,奴婢妄证,二子自诬,并鞭杀之,朝野伤痛。浮休子张鹭曰:下里庸人,多信厌祷;小儿妇女,甚重符书。蕴慝崇奸,构虚成实。坎土用血,诚伊戾之故也;掘地埋桐,乃江充之擅造也。

韦庶人之全盛日,好厌祷,并将昏镜以照人,令其速乱,与崇仁坊邪俗师婆阿来专行厌魅。平王诛之。后往往于殿上掘得巫蛊,皆逆韦之辈为之也。

韦庶人葬其父韦玄贞,号酆王。葬毕,官人路见鬼师雍文智,诈宣酆王教曰:"常作官人,甚大艰苦,宜与赏,着绿者与绯。"韦庶人悲恸,欲依鬼教与之。未处分间,有告文智诈受赂贿验,遂斩之。

中宗之时，有见鬼师彭君卿被御史所辱。他日，对百官总集，诈宣孝和敕曰："御史不检校，去却巾带。"即去之。曰："有敕与一顿杖。"大使曰："御史不奉正敕，不合决杖。"君卿曰："若不合，有敕且放却。"御史裹头，仍舞蹈拜谢而去。观者骇之。

浮休子张鷟为德州平昌令，大旱，郡符下令以师婆、师僧祈之，二十余日无效。浮休子乃推土龙倒，其夜雨足。江淮南好鬼，多邪俗，病即祀之，无医人。浮休子曾于江南洪州停数日，遂闻土人何婆善琵琶卜，与同行郭司法质焉。其何婆士女填门，饷遗满道，颜色充悦，心气殊高。郭再拜下钱，问其品秩。何婆乃调弦柱，和声气曰："个丈夫富贵。今年得一品，明年得二品，后年得三品，更后年得四品。"郭曰："阿婆错，品少者官高，品多者官小。"何婆曰："今年减一品，明年减二品，后年减三品，更后年减四品，更得五六年总没品。"郭大骂而起。

崇仁坊阿来婆弹琵琶卜，朱紫填门。浮休子张鷟曾往观之，见一将军，紫袍玉带甚伟，下一匹绸绫，请一局卜。来婆鸣弦柱，烧香，合眼而唱："东告东方朔，西告西方朔，南告南方朔，北告北方朔，上告上方朔，下告下方朔。"将军顶礼既，告请甚多，必望细看，以决疑惑。遂即随意支配。

咸亨中，赵州祖珍俭有妖术。悬水瓮于梁上，以刀斫之，绳断而瓮不落。又于空房内密闭门，置一瓮水，横刀其上。人良久入看，见俭支解五段，水瓮皆是血。人去之后，平复如初。冬月极寒，石臼水冻，咒之拔出。卖卜于信都市，日取百钱。盖君平之法也。后被人纠告，引向市斩之，颜色自若，了无惧。命纸笔作词，精神不挠。

凌空观叶道士咒刀，尽力斩病人肚，横桃柳于腹上，桃柳断而内不伤。复将双刀斫一女子，应手两断，血流遍地，家人大哭。道人取续之，喷水而咒，须臾平复如故。

河南府立德坊及南市西坊皆有胡祆神庙。每岁商胡祈福，烹猪羊，琵琶鼓笛，酣歌醉舞。酹神之后，募一胡为祆主，看者施钱并与之。其祆主取一横刀，利同霜雪，吹毛不过。以刀刺腹，刃出于背，仍乱扰肠肚流血。食顷，喷水咒之，平复如故。此盖西域之幻法也。

凉州祆神祠，至祈祷日祆主以铁钉从额上钉之，直洞腋下，即出门,身轻若飞,须臾数百里。至西袄神前舞一曲即却,至旧袄所乃拔钉,无所损。卧十余日,平复如故。莫知其所以然也。

明崇俨有术法。大帝试之,为地窖,遣妓奏乐。引俨至,谓曰:"此地常闻管弦,是何祥也? 卿能止之乎?"俨曰:"诺。"遂书二桃符,于其上钉之,其声寂然。上笑唤妓人问,云见二龙头张口向上,遂怖惧,不敢奏乐也。上大悦。

蜀县令刘静妻患疾,正谏大夫明崇俨诊之,曰须得生龙肝,食之必愈。静以为不可得,俨乃画符,乘风放之上天。须臾有龙下,入瓮水中,剔取食之而差。大帝盛夏须雪及枇杷、龙眼,俨坐顷间,往阴山取雪,岭南取果子并到,食之无别。时四月,瓜未熟,上思之,俨索百钱将去,须臾得一大瓜,云猴氏老人园内得之。上追老人至,问之,云:"土埋一瓜拟进。适卖,唯得百钱耳。"俨独坐堂中,夜被刺死,刀子仍在心上。敕求贼甚急,竟无踪绪。或以为俨役鬼劳苦,被鬼杀之。孔子曰:"攻乎异端,斯害也已。"信哉!

则天朝有鼎师者,瀛州博野人,有奇行。太平公主进,则天试之,以银瓮盛酒三斗,一举而饮尽。又曰:"臣能食酱。"即令以银缸盛酱一斗,鼎师以匙抄之,须臾即竭。则天欲与官,鼎曰:"情愿出家。"即与剃头。后则天之复辟也,鼎曰:"如来螺髻,菩萨宝首,若能修道,何必剃除。"遂长发。使张潜决一百,不废行动,亦无疮疾,时人莫测。

大足中,有袄妄人李慈德,自云能行符书厌,则天于内安置。布豆成兵马,画地为江河,与给使相知削竹为枪,缠被为甲,三更于内反。宫人扰乱相杀者十二三。羽林将军杨玄基闻内里声叫,领兵斩关而入,杀慈德、阉竖数十人。惜哉! 慈德以厌为客,以厌而丧。

孝和帝令内道场僧与道士各述所能,久而不决。玄都观叶法善取胡桃二升,并壳食之并尽。僧仍不伏。法善烧一铁钵,赫赤两合,欲合老僧头上。僧唱"贼",袈裟掩面而走。孝和抚掌大笑。

道士罗公远,幼时不慧。入梁山数年,忽有异见,言事皆中,敕追入京。先天中,皇太子设斋,远从太子乞金银器物,太子靳固不与。远曰:"少时自取。"太子自封署房门,须臾开视,器物一无所见。东房先封闭,往视之,器物并在其中。又借太子所乘马,太子怒,不与。远曰："已取得来，见于后园中放在。"太子急往枥上检看，马在如故。侍御史袁守一将食器数枚，就罗公远看年命。奴擎衣襆在门外，不觉须臾在公远衣箱中。诸人大惊，莫知其然。

欧阳通，询之子，善书，瘦怯于父。常自矜能书，必以象牙、犀角为笔管，狸毛为心，覆以秋兔毫，松烟为墨，末以麝香，纸必须坚薄白滑者，乃书之。盖自重其书。薛纯陀亦效欧阳草，伤于肥钝，亦通之亚也。

孟知俭，并州人，少时病，忽亡。见衙府如平生时，不知其死。逢故人为吏，谓曰："因何得来？"具报之，乃知是冥途。吏为检寻，曰："君平生无修福处，何以得还！"俭曰："一生诵《多心经》及《高王经》，虽不记数，亦三四万遍。"重检，获之，遂还。吏问："欲知官乎？"曰："甚要。"遂以簿示之，云"孟知俭合运出身，为曹州参军，转邓州司金"，即掩却不许看。遂至荒榛，入一黑坑，遂活。不知"运"是何事，寻有敕募运粮，因放选授曹州参军。乃悟曰："此州吾不见小书耳。"满授邓州司金。去任，又选唱晋州判司，未过而卒。

贞观中，顿丘县有一贤者，于黄河渚上拾菜，得一树栽子大如指。持归，莳之三年，乃结子五颗，味状如柰，又似林檎，多汁，异常酸美。送县，县上州，以其味奇，乃进之，赐绫一十匹。后树长成，渐至三百颗，每年进之，号曰"朱柰"，至今存。德、贝、博等州，取其枝接，所在丰足。人以为从西域来，碍渚而住矣。

西晋末有旌阳县令许逊者，得道于豫章西山。江中有蛟为患，旌阳没水，剑斩之。后不知所在。顷渔人网得一石甚鸣，击之声闻数十里。唐朝赵王为洪州刺史，破之得剑一双。视其铭，一有"许旌阳"字，一有"万仞"字。遂有万仞师出焉。

上元年中，令九品以上配刀砺等袋，彩悦为鱼形，结帛作之。取鱼之象，强之兆也。至天后朝乃绝。景云之后又复前，结白鱼为饼。

中宗令扬州造方丈镜，铸铜为桂树，金花银叶。帝每骑马自照，人马并在镜中。专知官高邮县令幼临也。

睿宗先天二年正月十五、十六夜，于京师安福门外作灯轮，高二十丈，衣以锦绮，饰以金玉，燃五万盏灯，簇之如花树。宫女千数，衣罗绮,曳锦绣,耀珠翠,施香粉。一花冠、一巾帔皆万钱,装束一妓女皆至三百贯。妙简长安、万年少女妇千余人,衣服、花钗、媚子亦称是,于灯轮下踏歌三日夜,欢乐之极,未始有之。

张易之为母阿臧造七宝帐,金银、珠玉、宝贝之类罔不毕萃,旷古以来,未曾闻见。铺象牙床,织犀角簟,齇貂之褥,蛮蚊之毡,汾晋之龙须、河中之凤翮以为席。阿臧与凤阁侍郎李迥秀通,逼之也。同饮以碗盏一双,取其常相逐。迥秀畏其盛,嫌其老,乃荒饮无度,昏醉是常,频唤不觉。出为衡州刺史。易之败,阿臧入官,迥秀被坐,降为卫州长史。

宗楚客造一新宅成,皆是文柏为梁,沉香和红粉以泥壁,开门则香气蓬勃。磨文石为阶砌及地,着吉莫靴者,行则仰仆。楚客被建昌王推得赃万余贯,兄弟配流。太平公主就其宅看,叹曰:"看他行坐处,我等虚生浪死。"一年追入,为凤阁侍郎。景龙中,为中书令。韦氏之败,斩之。

洛州昭成佛寺有安乐公主造百宝香炉,高三尺,开四门,绛桥勾栏,花草、飞禽、走兽、诸天妓乐,麒麟、鸾凤、白鹤、飞仙,丝来线去,鬼出神入,隐起钑镂,窈窕便娟。真珠、玛瑙、琉璃、琥珀、玻璃、珊瑚、珲璖、琬琰,一切宝贝,用钱三万。府库之物,尽于是矣。

隋炀帝巡狩北边,作大行殿七宝帐,容数百人,饰以珍宝,光辉洞彻。引匈奴启民可汗宴会其中,可汗恍然,疑非人世之有。识者云,大行殿者,示不祥也,亦是王莽轻车之比。天心其关人事也欤!

安乐公主改为悖逆庶人。夺百姓庄园,造定昆池四十九里,直抵南山,拟昆明池。累石为山,以象华岳,引水为涧,以象天津。飞阁步檐,斜桥磴道,衣以锦绣,画以丹青,饰以金银,莹以珠玉。又为九曲流杯池,作石莲花台,泉于台中涌出。穷天下之壮丽。悖逆之败,配入司农,每日士女游观,车马填噎。奉敕,辄到者官人解见任,凡人决一顿,乃止。

安乐公主造百鸟毛裙,以后百官、百姓家效之。山林奇禽异兽,搜山荡谷,扫地无遗,至于网罗杀获无数。开元中,禁宝器于殿前,禁人服珠玉、金银、罗绮之物,于是采捕乃止。

高宗时，有刘龙子妖言惑众。作一金龙头藏袖中，以羊肠盛蜜水绕系之。每相聚出龙头，言圣龙吐水，饮之百病皆差。遂转羊肠，水于龙口中出，与人饮之，皆罔云病愈，施舍无数。遂起逆谋，事发逃走。捕访久之擒获，斩之于市，并其党十余人。

东海孝子郭纯丧母，每哭则群鸟大集。使验有实，旌表门闾。后访乃是孝子每哭，即散饼食于地，群鸟争来食之。后如此，鸟闻哭声以为度，莫不竞凑，非有灵也。

河东孝子王燧家猫犬互乳其子，州县上言，遂蒙旌表。乃是猫犬同时产子，取猫儿置狗窠中，狗子置猫窠内，惯食其乳，遂以为常，殆不可以异论也。自连理木、合欢瓜、麦分歧、禾同穗，触类而长，实繁有徒，并是人作，不足怪也。

唐同泰于洛水得白石紫文，云"圣母临水，永昌帝业"。进之，授五品果毅，置永昌县。乃是白石凿作字，以紫石末和药嵌之。后并州文水县于谷中得一石还如此，有"武兴"字，改文水为武兴县。自是往往作之。后知其伪，不复采用，乃止。

襄州胡延庆得一龟，以丹漆书其腹曰"天子万万年"，以进之。凤阁侍郎李昭德以刀刮之并尽，奏请付法。则天曰："此非恶心也，舍而勿问。"

则天好祯祥。拾遗朱前疑说梦，云则天发白更黑，齿落更生，即授都官郎中。司刑寺囚三百余人，秋分后无计可作，乃于圜狱外罗墙角边作圣人迹，长五尺。至夜半，三百人一时大叫。内使推问，云："昨夜有圣人见，身长三丈，面作金色，云：'汝等并冤枉，不须怕惧。天子万年，即有恩赦放汝。'"把火照之，见有巨迹，即大赦天下，改为大足元年。

白铁余者，延州稽胡也，左道惑众。先于深山中埋一金铜像于柏树之下，经数年，草生其上。绐乡人曰："吾昨夜山下过，每见佛光。"大设斋，卜吉日以出圣佛。及期，集数百人，命于非所藏处厮，不得。乃劝曰："诸公不至诚布施，佛不可见。"由是男女争布施者百余万。更于埋处厮之，得金铜像。乡人以为圣，远近传之，莫不欲见。乃宣言曰："见圣佛者，百病即愈。"左侧数百里，老小士女皆就之。乃以绯紫红黄绫为袋数十重盛像，人聚观者，去一重一回布施，收千端乃见像。如此矫伪一二年，乡人归伏，遂作乱。自号光王，署置官职，杀长吏，数年为患。命将军程务挺斩之。

中郎李庆远狡诈倾险，初事皇太子，颇得出入。暂令出外，即恃威权，宰相以下咸谓之要人。宰执方食即来，诸人命坐，常遣一人门外急唤，云"殿下须使令"，吐饭而去。诸司皆如此。请谒嘱事，卖官鬻狱，所求必遂。东宫后稍稍疏之，仍潜入仗内食侍官饭。晚出外腹痛，犹诈云太子赐予食瓜太多。须臾霍出卫士所食米饭黄臭，并韲菜狼藉。凡是小人得宠，多为此状也。

春官尚书阎知微和默啜，司宾丞田归道副焉。至牙帐下，知微舞蹈，宛转抱默啜靴而鼻臭之。田归道长揖不拜，默啜大怒，倒悬之。经一宿，明日将杀，元珍谏："大国和亲使，若杀之不祥。"乃放之。后与知微争于殿廷，言默啜必不和，知微坚执以为和。默啜果反，陷赵、定。天后乃诛知微九族，拜归道夏官侍郎。

张利涉性多忘，解褐怀州参军。每聚会被召，必于笏上记之。时河内令耿仁惠邀之，怪其不至，亲就门刺请。涉看笏曰："公何见顾？笏上无名。"又一时昼寝惊，索马入州，扣刺史邓恽门，拜谢曰："闻公欲赐责，死罪！"邓恽曰："无此事。"涉曰："司功某甲言之。"恽大怒，乃呼州官董以甲问构，将杖之。甲苦诉初无此语。涉前请曰："望公舍之，涉恐是梦中见说耳。"时人是知其性理昏惑矣。

五原县令阎玄一为人多忘。尝至州，于主人舍坐，州佐史前过，以为县典也，呼欲杖之。典曰："某是州佐也。"玄一惭谢而止。须臾县典至，一疑其州佐也，执手引坐。典曰："某是县佐也。"又愧而止。曾有人传其兄书者，止于阶下，俄而里胥白录人到，玄一索杖，遂鞭送书人数下。其人不知所以，讯之，玄一曰："吾大错。"顾直典回宅取杯酒暖愈。良久，典持酒至。玄一既忘其取酒，复忘其被杖者，因便赐直典饮之。

沧州南皮县丞郭务静初上，典王庆通判禀，静曰："尔何姓？"庆曰："姓王。"须臾庆又来，又问何姓，庆又曰姓王。静怪愕良久，仰看庆曰："南皮佐史总姓王。"

定州何名远大富,主官中三驿。每于驿边起店停商,专以袭胡为业,赀财巨万,家有绫机五百张。远年老,或不从戎,即家贫破。及如故,即复盛。

长安富民罗会以剔粪为业,里中谓之"鸡肆",言若鸡之因剔粪而有所得也。会世副其业,家财巨万。有士人陆景旸,会邀过,所止馆舍甚丽。入内梳洗,衫衣极鲜,屏风、毡褥、烹宰无所不有。景旸问曰:"主人即如此快活,何为不罢恶事?"会曰:"吾中间停废一二年,奴婢死亡,牛马散失;复业已来,家途稍遂。非情愿也,分合如此。"

滕王婴、蒋王恽皆不能廉慎,大帝赐诸王,名五王,不及二王,敕曰:"滕叔、蒋兄自解经纪,不劳赐物与之。"以为"钱贯"。二王大惭。朝官莫不自励,皆以取受为赃污,有终身为累,莫敢犯者。

瀛州饶阳县令窦知范贪污,有一里正死,范集里正二百人为里正造像,各出钱一贯。范自纳之,谓曰:"里正有过罪,先须急救。范先造得一像,且以与之。"纳钱二百千,平像五寸半。其贪皆类此。范惟一男,放鹰马惊,桑枝打破其脑。百姓快之,皆曰:"千金之子,易一兔之命。"

益州新昌县令夏侯彪之初下车,问里正曰:"鸡卵一钱几颗?"曰:"三颗。"彪之乃遣取十千钱,令买三万颗,谓里正曰:"未须要,且寄母鸡抱之,遂成三万头鸡。经数月长成,令县吏与我卖,一鸡三十钱,半年之间成三十万。"又问:"竹笋一钱几茎?"曰:"五茎。"又取十千钱付之,买得五万茎,谓里正曰:"吾未须要笋,且向林中养之。至秋竹成,一茎十钱,成五十万。"其贪鄙不道皆类此。

汴州刺史王志愔饮食精细,对宾下脱粟饭。商客有一驴,日行三百里,曾三十年不卖。市人报价云:"十四千。"愔曰:"四千金少,更增一千。"又令买单丝罗,匹至三千。愔问:"用几两丝?"对曰:"五两。"愔令竖子取五两丝来,每两别与十钱手功之直。

深州刺史段崇简性贪暴,到任令里正括客,云不得称无。上户每取两人,下户取一人,以刑胁之,人惧,皆妄通。通讫,简云:"不用唤客来,但须见主人。"主人到,处分每客索绢一匹,约一月之内得绢三十车。罢任,发至鹿城县,有一车装绢未满载,欠六百匹,即唤里正令满之。里正计无所出，遂于县令、丞、尉家一倍举送。至都，拜柳州刺史。

安南都护崔玄信命女婿裴惟岳摄爱州刺史，贪暴，取金银财物向万贯。有首领取妇，裴郎要障车绫，索一千匹，得八百匹，仍不肯放。捉新妇归，戏之，三日乃放还，首领更不复纳。裴即领物至扬州。安南及问至，擒之，物并纳官，裴亦锁项至安南，以谢百姓。及海口，会赦而免。

洛州司金严昇期摄侍御史，于江南巡察，性嗜牛肉，所至州县，烹宰极多。事无大小，入金则虱。凡到处金银为之踊贵，故江南人谓为"金牛御史"。

张昌仪为洛阳令，借易之权势，属官无不允者，风声鼓动。有一人姓薛，赍金五十两遮而奉之。仪领金，受其状，至朝堂，付天官侍郎张锡。数日失状，以问仪，仪曰："我亦不记，得有姓薛者即与。"锡检案内姓薛者六十余人，并令与官。其蠹政也如此。

卷四

隋辛亶为吏部侍郎，选人为之牓，略曰："枉州抑县屈滞乡不申里衔恨先生，问隋吏部侍郎辛亶曰：'当今天子圣明，群僚用命，外拓四方，内齐七政。而子位处权衡，职当水镜，居进退之首，握褒贬之柄。理应识是识非，知滞知微，使无才者泥伏，有用者云飞。奈何尸禄素餐，滥处上官，黜陟失所，选补伤残，小人在位，君子驳弹。莫不代子战灼，而子独何以安？'辛亶曰：'百姓之子，万国之人，不可皆识，谁厚谁亲。为桀赏者不可不喜，被尧责者宁有不嗔。得官者见喜，失官者见疾，细而论之，非亶之失。'先生曰：'是何疾欤，是何疾欤！不识何不访其名，官少何不简其精。细寻状迹，足识法家；细寻判验，足识文华。宁不知石中出玉，黄金出沙。量子之才，度子之智，只可投之四裔，以御魑魅。怨嗟不少，实伤和气。'辛亶再拜而谢曰：'幸蒙先生见责，实觉多违。谨当刮肌贯骨，改过惩非。请先生纵亶自修，舍亶之罚，如更有违，甘从斧钺。'先生曰：'如子之辈，车载斗量，朝廷多少，立须相代，那得久旷天官，待子自作。急去急去，不得久住，唤取师巫，却行无处。'亶掩泣而言曰：'罪过自招，自灭自消，岂敢更将面目，来污圣朝。'先生曳杖而歌曰：'辛亶去，吏部明，开贤路，遇太平。今年定知不可得，后岁依期更入京。'"

隋牛弘为吏部侍郎，有选人马敞者，形貌最陋，弘轻之，侧卧食果子嘲敞曰："尝闻扶风马，谓言天上下。今见扶风马，得驴亦不假。"敞应声曰："尝闻陇西牛，千石不用鞧。今见陇西牛，卧地打草头。"弘惊起，遂与官。

陈朝尝令人聘隋，不知其使机辨深浅，乃密令侯白变形貌，着故敝衣，为贱人供承。客谓是微贱，甚轻之，乃旁卧放气与之言，白心颇不平。问白曰："汝国马价贵贱？"报云："马有数等，贵贱不同。若从伎俩筋脚好，形容不恶，堪得乘骑者，直二十千已上。若形容粗壮，虽无伎俩，堪驮物，直四五千已上。若彌音卜结反尾燥蹄，绝无伎俩，旁卧放气，一钱不直。"使者大惊，问其姓名，知是侯白，方始愧谢。

唐高士廉选，其人齿高。有选人自云解嘲谑，士廉时着木履，令嘲之，应声云："刺鼻何曾嚏，踏面不知瞋。高生两个齿，自谓得胜人。"士廉笑而引之。

周则天朝蕃人上封事，多加官赏，有为右台御史者。因则天尝问郎中张元一曰："在外有何可笑事？"元一曰："朱前疑着绿，逯仁杰着朱。闾知微骑马，马吉甫骑驴。将名作姓李千里，将姓作名吴栖梧。左台胡御史，右台御史胡。"胡御史，胡元礼也；御史胡，蕃人为御史者，寻改他官。周革命，举人贝州赵廓眇小，起家监察御史，时人谓之"台秒"，李昭德詈之为"中霜谷束"，元一目为"枭坐鹰架"。时同州孔鲁丘为拾遗，有武夫气，时人谓之"外军主帅"，元一目为"鹜入凤池"。苏味道才学识度，物望攸归；王方庆体质鄙陋，言词鲁钝，智不逾俗，才不出凡：俱为凤阁侍郎。或问元一曰："苏、王孰贤？"答曰："苏九月得霜鹰，王十月被冻蝇。"或问其故，答曰："得霜鹰俊捷，被冻蝇顽怯。"时人谓能体物也。契丹贼孙万荣之寇幽，河内王武懿宗为元帅，引兵至赵州。闻贼骆务整从北数千骑来，王乃弃兵甲，南走邢州，军资器械遗于道路。闻贼已退，方更向前。军回至都，置酒高会，元一于御前嘲懿宗曰："长弓短度箭，蜀马临阶骗。去贼七百里，隈墙独自战。甲仗纵抛却，骑猪正南蹿。"上曰："懿宗有马，何因骑猪？"对曰："骑猪，夹豕走也。"上大笑。懿宗曰："元一宿构，不是卒辞。"上曰："尔叶韵与之。"懿宗曰："请以莘韵。"元一应声云："裹头极草草，掠鬓不莘莘。未见桃花面皮，漫作杏子眼孔。"则天大悦，王极有惭色。懿宗形貌短丑，故曰"长弓短度箭"。周静乐县主，河内王懿宗妹，短丑；武氏最长，时号"大歌"。县主与则天并马行，命元一咏，曰："马带桃花锦，裙拖绿草罗。定知纱帽底，形容似大歌。"则天大笑，县主极惭。纳言娄师德长大而黑，一足蹇，元一目为"行辙方相"，亦号为"卫灵公"，言防灵柩方相也。天官侍郎吉顼长大，好昂头行，视高而望远，目为"望柳骆驼"。殿中侍御史元本辣体伛身，黑而且瘦，目为"岭南考典"。驾部郎中朱前疑粗黑肥短，身体垢腻，目为"光禄掌膳"。东方虬身长衫短，骨面粗眉，目为"外军校尉"。唐波若矮短，目为"郁屈蜀马"。目李昭德"卒子锐反岁胡孙"。修文学士马吉甫眇一目,目为"端箭师"。郎中长孺子视望阳,目为"呷醋汉"。氾水令苏徵举止轻薄,目为"失孔老鼠"。

周张元一腹粗而脚短,项缩而眼跌,吉顼目为"逆流虾蟆"。

周韶州曲江令朱随侯,女夫李逊,游客尔朱九,并姿相少媚,广州人号为"三樵"七肖反。人歌曰:"奉敕追三樵,随侯傍道走。回头语李郎,唤取尔朱九。"张鷟目随侯为"臛乱土枭"。

周李详,河内人,气侠刚劲。初为梓州监示尉主书考日,刺史问平已否,详独曰不平。刺史曰:"不平,君把笔考。"详曰:"请考使君。"即下笔曰:"怯断大事,好勾小稽。自隐不清,疑人总浊。考中下。"刺史默然而罢。

则天革命,举人不试皆与官,起家至御史、评事、拾遗、补阙者,不可胜数。张鷟为谣曰:"补阙连车载,拾遗平斗量。杷推侍御史,碗脱校书郎。"时有沈全交者,傲诞自纵,露才扬己,高巾子,长布衫,南院吟之,续四句曰:"评事不读律,博士不寻章。面糊存抚使,眯目圣神皇。"遂被杷推御史纪先知捉向左台,对仗弹劾,以为谤朝政,败国风,请于朝堂决杖,然后付法。则天笑曰:"但使卿等不滥,何虑天下人语?不须与罪,即宜放却。"先知于是乎面无色。

唐豫章令贺若瑾眼皮急,项辕粗,鷟号为"饱乳犊子"。

唐郑愔曾骂选人为痴汉,选人曰:"仆是吴痴,汉即是公。"愔令咏痴,吴人曰:"榆儿复榆妇,造屋兼造车。十七八九夜,还书复借书。"愔本姓郑,改姓郑,时人号为"鄭郑"。

唐中书令李敬玄为元帅讨吐蕃,至树墩城,闻刘尚书没蕃,著靴不得,狼狈而走。时将军王杲、副总管曹怀舜等惊退,遗却麦饭,及首尾千里,地上尺余。时军中谣曰:"姚河李阿婆,鄯州王伯母。见贼不能斗,总由曹新妇。"

唐礼部尚书祝钦明颇涉经史,不闲时务,博硕肥腯,顽滞多疑,台中小吏号之为"媪"。媪者肉块,无七窍,秦穆公时野人得之。

唐先天中,姜师度于长安城中穿渠,绕朝堂坊市,无所不至。上登西楼望之,师度堰水泷柴筏而下,遂授司农卿。于后水涨则奔突,水缩则竭涸。又前开黄河,引水向棣州,费亿兆功。百姓苦其淹渍,又役夫塞河。开元六年,水泛溢,河口堰破,棣州百姓一概没尽。师度以为功,官品益进。又有傅孝忠为太史令,自言明玄象,专行矫谲。京中语曰:"姜师度一心看地,傅孝忠两眼相天。"神武即位,知其矫,并斩之。

唐姜晦为吏部侍郎,眼不识字,手不解书,滥掌铨衡,曾无分别。选人歌曰:"今年选数恰相当,都由座主无文章。案后一腔冻猪肉,所以名为姜侍郎。"

唐兵部尚书姚元崇长大行急,魏光乘目为"赶蛇鹳鹊"。黄门侍郎卢怀慎好视地,目为"观鼠猫儿"。殿中监姜皎肥而黑,目为"饱椹母猪"。紫微舍人倪若水黑而无须,目为"醉部落精"。舍人齐处冲好眇目视,目为"暗烛底觅虱老母"。舍人吕延嗣长大少发,目为"日本国使人"。又有舍人郑勉为"醉高丽"。目拾遗蔡孚"小州医博士诈谙药性"。又有殿中侍御史短而丑黑,目为"烟薰地尢"。目御史张孝嵩为"小村方相"。目舍人杨伸嗣为"熟鳌上湖狖"。目补阙袁辉为"王门下弹琴博士"。目员外郎魏恬为"祈雨婆罗门"。目李全交为"品官给使"。目黄门侍郎李广为"饱水虾蟆"。由是坐此品题朝士,自左拾遗贬新州新兴县尉。

唐贞观中,桂阳令阮嵩妻阎氏极妒。嵩在厅会客饮,召女奴歌,阎披发跣足袒臂,拔刀至席,诸客惊散。嵩伏床下,女奴狼狈而奔。刺史崔邈为嵩作考词云:"妇强夫弱,内刚外柔。一妻不能禁止,百姓如何整肃? 妻既礼教不修,夫又精神何在? 考下。省符解见任。"

唐郝象贤,侍郎处俊之抄,顿丘令南容之子也。弱冠,诸友生为之字曰"宠之"。每于父前称字,父绐之曰:"汝朋友极贤,吾为汝设馔,可命之也。"翼日,象贤因邀致十数人,南容引生与之饮。谓曰:"谚云:'三公后,出死狗。'小儿诚愚,劳诸君制字,损南容之身尚可,岂可波及侍中也!"因涕泣,众惭而退。"宠之"者,反语为"痴种"也。

朱前疑浅钝无识,容貌极丑。上书云"臣梦见陛下八百岁",即授拾遗,俄迁郎中。出使回,又上书云"闻嵩山唱万岁声",即赐绯鱼袋。未入五品,于绿衫上带之,朝野莫不怪笑。后契丹反,有敕京官出马一匹供军者，即酬五品。前疑买马纳讫，表索绯。上怒，批其状"即放归丘园"，愤恚而卒。

唐王及善才行庸猥，风神钝浊，为内史时，人号为"鸠集凤池"。俄迁文昌右相，无他政，但许令史之驴入台，终日迫逐，无时暂舍。时人号为"驱驴宰相"。

周有逯仁杰，河阳人。自地官令史出尚书，改天下帐式，颇甚繁细，法令滋章。每村立社官，仍置平直老三员，掌簿案，设锁钥，十羊九牧，人皆散逃。而宰相浅识，以为万代可行，授仁杰地官郎中。数年，百姓苦之，其法遂寝。

周考功令史袁琰，国忌众人聚会，充录事勾当。遂判曰："曹司繁闹，无时暂闲，不因国忌之辰，无以展其欢笑。"合坐嗤之。

周夏官侍郎侯知一年老，敕放致仕。上表不伏，于朝堂踊跃驰走，以示轻便。张惊丁忧，自请起复。吏部主事高筍母丧，亲戚为举哀，筍曰："我不能作孝。"员外郎张栖贞被讼诈遭母忧，不肯起对。时台中为之语曰："侯知一不伏致仕，张琮自请起复，高筍不肯作孝，张栖贞情愿遭忧。皆非名教中人，并是王化外物。"兽心人面，不其然乎！

周天官选人沈子荣诵判二百道，试日不下笔。人问之，荣曰："无非命也。今日诵判，无一相当。有一道颇同，人名又别。"至来年选，判水碨，又不下笔。人问之，曰："我诵水碨，乃是蓝田，今问富平，如何下笔。"闻者莫不抚掌焉。

周则天内宴甚乐，河内王懿宗忽然起奏曰："臣急告君，子急告父。"则天大惊，引问之，对曰："臣封物承前府家自征，近敕州县征送，太有损折。"则天大怒，仰观屋椽良久，曰："朕诸亲饮正乐，汝是亲王，为三二百户封几惊杀我，不堪作王。"令曳下。懿宗免冠拜伏。诸王救之曰："懿宗愚钝，无意之失。"上乃释之。

周张衡令史出身，位至四品，加一阶，合入三品，已团甲。因退朝，路旁见蒸饼新熟，遂市其一，马上食之，被御史弹奏。则天降敕："流外出身，不许入三品。"遂落甲。

周右拾遗李良弼自矜唇颊，好谈玄理，请使北蕃说骨笃禄。匈奴以木盘盛粪饲之,临以白刃。弼惧,食一盘并尽,乃放还。人讥之曰:"李拾遗,能拾突厥之遗。"出为真源令。秩满还瀛州,遇契丹贼孙万荣使何阿小取沧、瀛、冀、具。良弼谓鹿城令李怀璧曰:"'孙'者胡孙,即是狝猴,难可当也。'万'字者有'草',即是'草中藏'。"劝怀璧降何阿小,授怀璧五品将军。阿小败,怀璧及良弼父子四人并为河内王武懿宗斩之。

周春官尚书阎知微庸琐弩怯,使入蕃,受默啜封为汉可汗。贼入恒、定,遣知微先往赵州招慰。将军陈令英等守城西面,知微谓令英曰:"陈将军何不早降下?可汗兵到然后降者,剪土无遗。"令英不答。知微城下连手踏歌,称"万岁乐"。令英曰:"尚书国家八座,受委非轻,翻为贼踏歌,无惭也?"知微仍唱曰:"万岁乐,万岁年,不自由,万岁乐。"时人鄙之。

唐崔湜为吏部侍郎贪纵,兄凭弟力,父挟子威,咸受嘱求,赃污狼藉。父挹为司业,受选人钱,湜不之知也,长名放之。其人诉曰:"公亲将赂去,何为不与官?"湜曰:"所亲为谁?吾捉取鞭杀。"曰:"鞭即遭忧。"湜大惭。主上以湜父年老,瓜初熟,赐一颗。湜以瓜遗妾,不及其父,朝野讥之。时崔、岑、郑愔并为吏部,京中谣曰:"岑羲獠子后,崔湜令公孙。三人相比接,莫贺咄最浑。"

唐左卫将军权龙襄性褊急,常自矜能诗。通天年中,为沧州刺史,初到乃为诗呈州官曰:"遥看沧州城,杨柳郁青青。中央一群汉,聚坐打杯觥。"诸公谢曰:"公有逸才。"襄曰:"不敢,趁韵而已。"又《秋日述怀》曰:"檐前飞七百,雪白后园强。饱食房里侧,家粪集野螂。"参军不晓,请释,襄曰:"鹞子檐前飞,直七百文。洗衫挂后园,干白如雪。饱食房中侧卧,家里便转,集得野泽蜣螂。"谈者哂之。皇太子宴,夏日赋诗:"严霜白浩浩,明月赤团团。"太子援笔为赞曰:"龙襄才子,秦州人士。明月昼耀,严霜夏起。如此诗章,趁韵而已。"襄以张易之事,出为容山府折冲。神龙中追入,乃上诗曰:"无事向容山,今日向东都。陛下敕进来,令作右金吾。"又为《喜雨》诗曰:"暗去也没雨,明来也没云。日头赫赤赤,地上丝氲氲。"为瀛州刺史日,新过岁,京中数人附书曰:"改年多感,敬想同之。"正新唤官人集,云有诏改年号为"多感"元年,将书呈判司已下,众人大笑。龙襄复侧听,怪赦书来迟。高阳、博野两县竞地陈牒,龙襄乃判曰:"两县竞地,非州不裁。既是两县,于理无妨。付司。权龙襄示。"典曰:"比来长官判事,皆不著姓。"龙襄曰:"余人不解,若不著姓,知我是谁家浪驴也!"龙襄不知忌日,谓府史曰:"何名私忌?"对曰:"父母忌日请假,独坐房中不出。"襄至日,于房中静坐。有青狗突入,龙襄大怒,曰:"冲破我忌。"更陈牒,改作明日好作忌日。谈者笑之。

李宜得本贱人,背主逃匿。当玄宗起义兵,与王毛仲等立功,宜得官至武卫将军。旧主遇诸途,趋而避之,不敢仰视。宜得令左右命之,主甚惶惧。至宅舍,请居上坐,宜得自捧酒食,旧主流汗辞之。流连数日,遂奏云:"臣蒙国恩,荣禄过分;臣旧主卑琐,曾无寸禄。臣请割半俸,解官以荣之。愿陛下遂臣愚款。"上嘉其志,擢主为郎将,宜得复其秩。朝廷以此多之。

苏颋年五岁,裴谈过其父。颋方在,乃试诵庾信《枯树赋》。将及终篇,避"谈"字,因易其韵曰:"昔年移树,依依汉阴。今看摇落,凄凄江浔。树犹如此,人何以任。"谈骇叹久之,知其他日必主文章也。

唐娄师德,荥阳人也,为纳言。客问浮休子曰:"娄纳言何如?"答曰:"纳言直而温,宽而栗,外愚而内敏,表晦而里明。万顷之波,浑而不浊;百炼之质,磨而不磷。可谓淑人君子,近代之名公者焉。"客曰:"狄仁杰为纳言何如?"浮休子曰:"粗览经史,薄阅文华。箴规切谏,有古人之风;剪伐淫词,有烈士之操。心神耿直,涅而不淄;胆气坚刚,明而能断。晚途钱癖,和峤之徒与!"客曰:"凤阁侍郎李昭德可谓名相乎?"答曰:"李昭德志大而器小,气高而智薄,假权制物,扼险凌人,刚愎有余,而恭宽不足,非谋身之道也。"俄伏法焉。又问:"洛阳令来俊臣雍容美貌,忠赤之士乎?"答曰:"俊臣面柔心狠,行险德薄,巧辨似智,巧谀似忠,倾覆邦家,诬陷良善,其江充之徒欤!蜂虿害人,终为人所害。"无何为太仆卿,戮于西市。又问:"武三思可谓名王哉?"答曰:"三思凭藉国亲,位超衮职,貌象恭敬,心极残忍。外示公直,内结阴谋,弄王法以复仇,假朝权而害物。晚封为德静王,乃鼎贼也,不可以寿终。"竟为节愍太子所杀。又问:"中书令魏元忠耿耿正直,近代之名臣也?"答曰:"元忠文武双阙,名实两空,外示贞刚,内怀趋附。面折张食其之党,勇若熊罴;谄事武士开之俦,怯同驽犬。首鼠之士,进退两端;魍蜥之夫,曾无一志。乱朝败政,莫非斯人。附三思之徒,斥五王之族,以吾熟察,终不得其死然。"果坐事长流思州,忧恚而卒。又问:"中书令李峤何如?"答曰:"李公有三戾:性好荣迁,憎人升进;性好文章,憎人才笔;性好贪浊,憎人受赂。亦如古者有女君,性嗜肥鲜,禁人食肉;性爱绮罗,断人衣锦;性好淫纵,憎人畜声色。此亦李公之徒也。"又问:"司刑卿徐有功何如?"答曰:"有功耿直之士也,明而有胆,刚而能断。处陵夷之运,不偷媚以取容;居版荡之朝,不逊辞以苟免。来俊臣罗织者,有功出之;袁智弘锻炼者,有功宽之。蹑虎尾而不惊,触龙鳞而不惧。凤跱鸱枭之内,直以全身;豹变豺狼之间,忠以远害。若值清平之代,则张释之、于定国岂同年而语哉!"又问:"司农卿赵履温何如?"答曰:"履温心不涉学,眼不识文,貌恭而性狠,智小而谋大。趑趄狗盗,突忽猪贪。晨羊诱外,不觉其死;夜蛾覆烛,不觉其毙。头寄于项,其能久乎?"后从事韦氏为逆,夷其三族。又问:"郑愔为选部侍郎何如?"答曰:"愔猖獗小子,狡猾庸人,浅学浮词,轻才薄德。狐蹲贵介,雉伏权门,前托俊臣,后附张易,折支德静之室,舐痔安乐之庭。鸧鹅栖于苇苕,鲨鳢游于沸鼎。既无雅量,终是凡材,以此求荣,得死为幸。"果谋反伏诛。

贞观末,南康黎景逸居于空青山,常有鹊巢其侧,每饭食以喂之。后邻近失布者诬景逸盗之,系南康狱,月余劾不承。欲讯之,其鹊止于狱楼,向景逸欢喜,似传语之状。其日传有赦,官司诘其来,云路逢玄衣素衿人所说。三日而赦至,景逸还山。乃知玄衣素衿者,鹊之所传也。

汝州刺史张昌期,易之弟也,恃宠骄贵,酷暴群僚。梁县有人白云有白鹊见,昌期令司户杨楚玉捕之。部人有鹊子七十笼,令以蜡涂爪。至林见白鹊,有群鹊随之,见鹊迸散,惟白者存焉。鹊竦身取之,一无损伤,而笼送之。昌期笑曰:"此鹊赎君命也。"玉叩头曰:"此天活玉,不然投河赴海,不敢见公。"拜谢而去。

渤海高巘巨富,忽患月余日,帖然而卒。心上仍暖,经日而苏,云有一白衣人眇目,把牒冥司,讼杀其妻子。嶷对:"元不识此老人。"冥官云:"君命未尽,且放归。"遂悟白衣人乃是家中老瞎麻鸡也。令射杀,魅遂绝。

文明以后,天下诸州进雌鸡变为雄者多,或半已化,半未化,乃则天正位之兆。

卫镐为县官下乡,至里人王幸在家。方假寐,梦一乌衣妇人引十数小儿着黄衣,咸言乞命,叩头再三。斯须又至。镐甚恶其事,遂催食欲前。适所亲有报曰:"王幸在家穷,无物设馔,有一鸡见抱儿,已得十余日,将欲杀之。"镐方悟乌衣妇人果乌鸡也,遂命解放。是夜复梦,咸欣然而去。

久视年中,越州有祖录事,不得名。早出,见担鹅向市中者。鹅见录事,频顾而鸣。祖乃以钱赎之,至僧寺,令放为长生鹅,竟不肯入寺,但走逐祖后。经坊历市,稠人广众之处一步不放。祖收养之。左丞张锡亲见说也。

汉时鄠县南门两扇忽开,忽一声称"鸳",一声称"央"。晨夕开闭,声闻京师。汉末恶之,令毁其门,两扇化为鸳鸯,相随飞去。后改鄠县为晏城县。

天后时,左卫兵曹刘景阳使岭南,得秦吉了鸟雄雌各一只,解人语。至都进之,留其雌者。雄者烦然不食,则天问曰:"何无聊也?"鸟为言曰,其配为使者所得,今颇思之。乃呼景阳曰:"卿何故藏一鸟不进?"景阳叩头谢罪,乃进之。则天不罪也。

峰州有一道水从吐蕃中来,夏冷如冰雪。有鱼长一二寸,来去有时,盖水上如粥。人取烹之而食,千万家取不可尽,不知所从来。

通川界内多獭,各有主养之,并在河侧岸间。獭若入穴,插雉尾于獭穴前,獭即不敢出。去却尾即出。取得鱼,必须上岸,人便夺之。取得多,然后放令自吃,吃饱即鸣杖以驱之还。插雉尾,更不敢出。

有人见竖子在洛水中洗马,顷之,见一物如白练带,极光晶,缴竖子项三两匝,即落水死。凡是水中及湾泊之所皆有之。人澡浴洗马死者,皆谓鼋所引,非也。此名"白特",宜慎防之,蛟之类也。

齐州有万顷陂,鱼鳖水族无所不有。咸亨中,忽一僧持钵乞食,村人长者施以蔬供，食讫而去。于时渔人网得一鱼，长六七尺，丝鳞镂甲，锦质宝章，特异常鱼。赍赴州饷遗，至村而死。众共剖而分之，于腹中得长者所施蔬食，俨然并在。村人遂于陂中设斋超度。自是陂中无水族，至今犹然。

杭州富阳县韩珣庄掘井，才深五六尺，土中得鱼数十头，土有微润。

贞观中，卫州板桥店主张迪妻归宁。有卫州三卫杨贞等三人投店宿，五更早发。夜有人取三卫刀杀张迪，其刀却内鞘中，贞等不知之。至明，店人趋贞等，拔刀血狼藉，囚禁拷讯，贞等苦毒，遂自诬。上疑之，差御史蒋恒覆推。至，总追店人十五以上集，为人不足，且散，唯留一老婆年八十已上。晚放出，令狱典密觇之，曰："婆出，当有一人与婆语者，即记取姓名，勿令漏泄。"果有一人共语者，即记之。明日复尔。其人又问婆："使人作何推勘？"如是者二日，并是此人。恒总追集男女三百余人，就中唤与老婆语者一人出，余并放散。问之具伏，云与迪妻奸杀有实。奏之，敕赐帛二百段，除侍御史。

卷五

　　贞观中，左丞李行廉弟行诠前妻子忠烝其后母，遂私将潜藏，云敕追入内。行廉不知，乃进状问，奉敕推诘极急。其后母诈以领巾勒项卧街中，长安县诘之，云有人诈宣敕唤去，一紫袍人见留宿，不知姓名，勒项送至街中。忠惶恐，私就卜问，被不良人疑之，执送县。县尉王璥引就房内推问，不承。璥先令一人于案褥下伏听，令一人走报长使唤，璥锁房门而去。子母相谓曰："必不得承。"并私密之语。璥至开门，案下之人亦起，母子大惊，并具承伏法云。

　　李杰为河南尹，有寡妇告其子不孝。其子不能自理，但云"得罪于母，死所甘分"。杰察其状，非不孝子，谓寡妇曰："汝寡居，惟有一子。今告之，罪至死，得无悔乎？"寡妇曰："子无赖，不顺母，宁复惜乎！"杰曰："审如此，可买棺木来取儿尸。"因使人觇其后。寡妇既出，谓一道士曰："事了矣。"俄而棺至，杰尚冀有悔，再三喻之，寡妇执意如初。道士立于门外，密令擒之，一问承伏："某与寡妇私，尝苦儿所制，故欲除之。"杰放其子，杖杀道士及寡妇，便同棺盛之。

　　卫州新乡县令裴子云好奇策。部人王敬戍边，留牸牛六头于舅李进处，养五年，产犊三十头，例十贯已上。敬还索牛，两头已死，只还四头老牛，余并非汝牛生，总不肯还。敬忿之，经县陈牒。子云令送敬府狱禁，教追盗牛贼李进。进惶怖至县，叱之曰："贼引汝同盗牛三十头，藏于汝家，唤贼共对。"乃以布衫笼敬头，立南墙下。进急，乃吐款云："三十头牛总是外甥牸牛所生，实非盗得。"云遣去布衫，进见是敬，曰："此是外甥也。"云曰："若是，即还他牛。"进默然。云曰："五年养牛辛苦，与数头，余并与敬。"一县服其精察。

　　中书舍人郭正一破平壤，得一高丽婢，名玉素，极姝艳，令专知财物库。正一夜须浆水粥，非玉素煮之不可。玉素乃毒之而进，正一急曰："此婢药我！"索土浆、甘草服解之，良久乃止。觅婢不得，并失金银器物十余事。录奏，敕令长安、万年捉不良脊烂求贼，鼎沸三日不获。不良主帅魏昶有策略,取舍人家奴,选年少端正者三人,布衫笼头至卫。缚卫士四人,问十日内已来,何人觅舍人家。卫士云:"有投化高丽留书,遣付舍人捉马奴,书见在。"检云"金城坊中有一空宅",更无语。不良往金城坊空宅,并搜之。至一宅,封锁正密,打锁破开之,婢及高丽并在其中。拷问,乃是投化高丽共捉马奴藏之。奉敕斩于东市。

垂拱年,则天监国,罗织事起。湖州佐史江琛取刺史裴光判书,割字合成文理,诈为徐敬业反书以告。差使推光,款书是光书,疑语非光语。前后三使推,不能决。敕令差能推事人勘当取实,佥曰张楚金可,乃使之。楚金忧闷,仰卧西窗,日高,向看之,字似补作。平看则不觉,向日则见之。令唤州官集,索一瓮水,令琛投书于水中,字一一解散,琛叩头伏罪。敕令决一百,然后斩之。赏楚金绢百匹。

怀州河内县董行成能策贼。有一人从河阳长店盗行人驴一头并皮袋,天欲晓,至怀州。行成至街中见,嗤之曰:"个贼住,即下驴来。"即承伏。人问何以知之,行成曰:"此驴行急而汗,非长行也;见人则引驴远过,怯也。以此知之。"捉送县。有顷驴主踪至,皆如其言。

张鷟为阳县尉日,有称架人吕元伪作仓督冯忱书,盗粜仓粮粟。忱不认书,元乃坚执,不能定。鷟取吕元告牒,括两头,唯留一字,问:"是汝书,即注是,以字押;不是,即注非,亦以字押。"元乃注曰"非",去括即是元牒。且决五下。括诈冯忱书上一字以问之,注曰"是",去括乃诈书也。元连项赤,叩头伏罪。又有一客驴缰断,并鞍失三日,访不获,经县告。鷟推勘急,夜放驴出而藏其鞍,可直五千已来。鷟曰:"此可知也。"令将却笼头放之,驴向旧馌处。鷟令搜其家,其鞍于草积下得之,人伏其计。

张松寿为长安令,时昆明池侧有劫杀,奉敕十日内须获贼,如违,所由科罪。寿至行劫处寻踪迹,见一老婆树下卖食,至以从骑驮来入县,供以酒食。经三日,还以马送旧坐处。令一腹心人看,有人共婆语,即捉来。须臾一人来问明府若为推逐,即披布衫笼头送县,一问具承,并赃并获。时人以为神明。

元嘉少聪俊。左手画员,右手画方,口诵经史,目数群羊,兼成四十字诗，一时而就，足书五言一绝。六事齐举。代号"神仙童子"。

并州人毛俊诞一男，四岁，则天召入内试字。《千字文》皆能暗书，赐衣裳放还。人皆以为精魅所托，其后不知所终。

纳言娄师德，郑州人，为兵部尚书。使并州，接境诸县令随之。日高至驿，恐人烦扰驿家，令就厅同食。尚书饭白而细，诸人饭黑而粗，呼驿长嗔之曰："饭何为两种者？"驿客将恐，对曰："邂逅淅米不得，死罪。"尚书曰："卒客无卒主人，亦复何损。"遂换取粗饭食之。检校营田，往梁州，先有乡人姓娄者为屯官犯赃，都督许钦明欲决杀。令众乡人谒尚书，欲救之，尚书曰："犯国法，师德当家儿子亦不能舍，何况渠。"明日宴会，都督与尚书俱坐，尚书曰："闻有一人犯国法，云是师德乡里。师德实不识，但与其父为小儿时共牧牛耳。都督莫以师德宽国家法。"都督遽令脱枷至，尚书切责之曰："汝辞父娘，求觅官职，不能谨洁，知复奈何！"将一碟槌饼与之曰："噇却，作个饱死鬼去。"都督从此舍之。后为纳言、平章事，又检校屯田，行有日矣。谘执事早出，娄先足疾，待马未来，于光政门外横木上坐。须臾有一县令，不知其纳言也，因诉身名，遂与之并坐。令有一子远觇之，走告曰："纳言也。"令大惊，起曰："死罪！"纳言曰："人有不相识，法有何死罪？"令因诉云，有左巇，以其年老眼暗奏解，"某夜书表状亦得，眼实不暗"。纳言曰："道是夜书表状，何故白日里不识宰相？"令大惭，曰："愿纳言莫说向宰相，纳言南无佛不说。"公左右皆笑。使至灵州，果驿上食讫，索马，判官谘意家浆水，亦索不得，全不祗承。纳言曰："师德已上马，与公料理。"往呼驿长，责曰："判官与纳言何别，不与供给？索杖来。"驿长惶怖拜伏，纳言曰："我欲打汝一顿，大使打驿将，细碎事，徒涴却名声。若向你州县道，你即不存生命。且放却。"驿将跪拜流汗，狼狈而走。娄目送之，谓判官曰："与公蹿顿之矣。"众皆怪叹。其行事皆此类。浮休子曰：司马徽、刘宽无以加也。

英公李勣为司空，知政事，有一番官者参选被放，来辞英公。公曰："明朝早向朝堂见我来。"及期而至，郎中并在旁，番官至辞，英公频眉谓之曰："汝长生不知事尚书、侍郎，我老翁不识字，无可教汝，何由可得留？深负愧汝，努力好去。"侍郎等惶惧，遽问其姓名，令南院看牓。须臾引入，注与吏部令史。英公时为宰相，有乡人尝过宅，为设食。食客裂却饼缘，英公曰："君大少年。此饼犁地两遍熟，概下种锄垡收刈打飏讫，碨罗作面，然后为饼。少年裂却缘，是何道？此处犹可，若对至尊前，公作如此事，参差斫却你头。"客大惭悚。浮休子曰：宇文朝华州刺史王罴，有客裂饼缘者，罴曰："此饼大用功力，然后入口。公裂之，只是未饥，且擎却。"客愕然。又台使致罴食饭，使人割瓜皮大厚，投地，罴就地拾起以食之。使人极悚息。

刑部尚书李日知自为畿赤，不曾打杖行罚，其事亦济。及为刑部尚书，有令史受敕三日，忘不行者。尚书索杖剥衣，唤令史总集，欲决之。责曰："我欲笞汝一顿，恐天下人称你云撩得李日知嗔，吃李日知杖。你亦不是人，妻子亦不礼汝。"遂放之。自是令史无敢犯者，设有稽失，众共谪之。

兵部郎中朱前疑貌丑，其妻有美色。天后时，洛中殖业坊西门酒家有婢，蓬头垢面，伛肩皤腹，寝恶之状，举世所无。而前疑大悦之，殆忘寝食。乃知前世言宿瘤蒙爱，信不虚也。夫人世嗜欲，一何殊性。前闻文王嗜昌歜，楚王嗜芹菹，屈到嗜芰，曾晳嗜羊枣。宋刘雍嗜疮痂，本传曰："雍诣前吴兴太守孟灵休，灵休脱袜，黏炙疮痂坠地，雍俯而取之餐焉。"宋明帝嗜蜜渍鱁鮧，每啖数升。是知海上逐臭之谈，陈君爱丑之说，何足怪欤！夫亦其癖也。

太宗时，西国进一胡，善弹琵琶。作一曲，琵琶弦拨倍粗。上每不欲番人胜中国，乃置酒高会，使罗黑黑隔帷听之，一遍而得。谓胡人曰："此曲吾宫人能之。"取大琵琶，遂于帷下令黑黑弹之，不遗一字。胡人谓是宫女也，惊叹辞去。西国闻之，降者数十国。

王沂者，平生不解弦管。忽旦睡，至夜乃寤，索琵琶弦之，成数曲：一名《雀啅蛇》，一名《胡王调》，一名《胡瓜苑》。人不识闻，听之者莫不流泪。其妹请学之，乃教数声，须臾总忘，不复成曲。

周有婆罗门僧惠范，奸矫狐魅，挟邪作蛊，咨诹鼠黠，左道弄权。则天以为圣僧，赏赉甚重。太平以为梵王，接纳弥优，生其羽翼，长其光价。孝和临朝，常乘官马，往还宫掖。太上登极，从以给使，出入禁门，每入即赐绫罗、金银器物。气岸甚高，风神傲诞，内府珍宝，积在僧家。矫说妖祥,妄陈祸福。神武斩之,京师称快。

道士史崇玄,怀州河内县缝靴人也。后度为道士,侨假人也。附太平为太清观主。金仙、玉真出俗,立为尊师。每入内奏请,赏赐甚厚,无物不赐。授鸿胪卿,衣紫罗裙帔,握象笏,佩鱼符,出入禁闱,公私避路。神武斩之,京中士女相贺。

岭南风俗,家有人病,先杀鸡鹅等以祀之,将为修福。若不差,即次杀猪狗以祈之。不差,即次杀太牢以祷之。更不差,即是命,不复更祈。死则打鼓鸣钟于堂,比至葬讫。初死,且走,大叫而哭。

景云中,有长发贺玄景,自称五戒贤者。同为妖者十余人。于陆浑山中结草舍,幻惑愚人子女,倾家产事之。绐云至心求者必得成佛。玄景为金簿袈裟,独坐暗室,令愚者窃视,云佛放光,众皆慑伏。缘于悬崖下烧火,遣数人于半崖间披红碧纱为仙衣,随风习飐。令众观之,诳曰:"此仙也。"各令着仙衣以飞就之,即得成道。克日设斋,饮中置莨菪子,与众餐之。女子好发者,截取为剃头,串仙衣,临崖下视,眼花恍忽,推崖底,一时烧杀,没取资财。事败,官司来检,灰中得焦拳尸骸数百余人。敕决杀玄景,县官左降。

景龙中,瀛州进一妇人,身上隐起浮图塔庙诸佛形像。按察使进之,授五品。其女妇留内道场。逆韦死后,不知去处。

周证圣元年,薛师名怀义造功德堂一千尺于明堂北。其中大像高九百尺,鼻如千斛船,中容数十人并坐,夹纻以漆之。五月十五,起无遮大会于朝堂。掘地深五丈,以乱彩为宫殿台阁,屈竹为胎,张施为桢盖。又为大像金刚,并坑中引上,诈称从地涌出。又刺牛血画作大像头,头高二百尺,诳言薛师膝上血作之。观者填城溢郭,士女云会。内载钱抛之,更相踏藉,老少死者非一。至十六日,张像于天津桥南,设斋。二更,功德堂火起,延及明堂,飞焰冲天,洛城光如昼日。其堂作仍未半,已高七十余尺。又延烧金银库,铁汁流液,平地尺余,人不知错入者,便即焦烂。其堂煨烬,尺木无遗。至晓,乃更设会,暴风欻起,裂血像为数百段。浮休子曰:梁武帝舍身同泰寺,百官倾库物以赎之。其夜欻电霹雳,风雨晦冥,寺浮图佛殿一时荡尽。非理之事,岂如来本意哉!

景云中,西京霖雨六十余日。有一胡僧名宝严,自云有术法,能止雨。设坛场,诵经咒。其时禁屠宰,宝严用羊二十口、马两匹以祭。祈请经五十余日,其雨更盛。于是斩逐胡僧,其雨遂止。

周圣历年中,洪州有胡超僧出家学道,隐白鹤山,微有法术,自云数百岁。则天使合长生药,所费巨万,三年乃成。自进药于三阳宫。则天服之,以为神妙,望与彭祖同寿,改元为久视元年。放超还山,赏赐甚厚。服药之后三年而则天崩。

则天时,调猫儿与鹦鹉同器食,命御史彭先觉监,遍示百官及天下考使。传看未遍,猫儿饥,遂咬杀鹦鹉以餐之,则天甚愧。武者国姓,殆不祥之征也。

裴炎为中书令,时徐敬业欲反,令骆宾王画计,取裴炎同起事。宾王足踏壁,静思食顷,乃为谣曰:"一片火,两片火,绯衣小儿当殿坐。"教炎庄上小儿诵之,并都下童子皆唱。炎乃访学者令解之。召宾王至,数啖以宝物锦绮,皆不言。又赂以音乐、女妓、骏马,亦不语。乃对古忠臣烈士图共观之,见司马宣王,宾王欻然起曰:"此英雄丈夫也。"即说自古大臣执政,多移社稷,炎大喜。宾王曰:"但不知谣谶何如耳。"炎以谣言"片火绯衣"之事白,宾王即下,北面而拜曰:"此真人矣。"遂与敬业等合谋。扬州兵起,炎从内应,书与敬业等合谋。唯有"青鹅",人缺有告者,朝廷莫之能解。则天曰:"此'青'字者十二月,'鹅'字者我自与也。"遂诛炎,敬业等寻败。

逆韦之妹、冯太和之妻号七姨信邪,见豹头枕以辟邪,白泽枕以去魅,作伏熊枕以为宜男。太和死,嗣虢王娶之。韦之败也,虢王斫七姨头送朝堂,则知辟邪之枕无效矣。

后魏高流之为徐州刺史,决滹沱河水绕城。破一古墓,得铭曰:"吾死后三百年,背底生流泉。赖逢高流之,迁吾上高原。"流为造棺椁衣物,取其枢而改葬之。

东都丰都市在长寿市之东北。初筑市垣,掘得古冢,土藏无砖甓,棺木陈朽,触之便散。尸上着平上帻,朱衣。得铭云:"筮道居朝,龟言近市。五百年间,于斯见矣。"当时达者参验,是魏黄初二年所葬也。

寇天师谦之，后魏时得道者也，常刻石为记，藏于嵩山。上元初，有洛州郜城县民因采药于山，得之以献。县令樊文言于州，州以上闻，高宗皇帝诏藏于内府。其铭记文甚多，奥不可解，略曰"木子当天下"；又曰"止戈龙"；又曰"李代代，不移宗"；又曰"中鼎显真容"；又曰"基千万岁"。所谓木子当天下者，盖言唐氏受命也。止戈龙者，言太后临朝也。止戈为武，武，天后氏也。李代代，不移宗者，谓中宗中兴，再新天地。中鼎显真容者，实中宗之庙讳，真为睿圣之徽谥，得不信乎？基千万岁者，基，玄宗名也，千万岁，盖历数久长也。后中宗御位，樊文男钦贲以石记本上献，上命编于国史。

辰州东有三山，鼎足直上，各数千丈。古老传曰，邓夸父与日竞走，至此煮饭，此三山者，夸父支鼎之石也。

宝历元年乙巳岁，资州资阳县清弓村山有大石，可三间屋大。从此山下忽然吼踊，下山越涧，却上坡，可百步。其石走时，有锄禾人见之，各手把锄，趁至所止。其石高二丈。

赵州石桥甚工，磨砻密致如削焉。望之如初日出云，长虹饮涧。上有勾栏，皆石也，勾栏并有石狮子。龙朔年中，高丽谍者盗二狮子去，后复募匠修之，莫能相类者。至天后大足年，默啜破赵、定州，贼欲南过。至石桥，马跪地不进，但见一青龙卧桥上，奋迅而怒，贼乃遁去。

永昌年，太州敷水店南西坡白日飞四五里，直塞赤水。坡上桑畦麦陇依然仍旧。

邹骆驼，长安人。先贫，常以小车推蒸饼卖之。每胜业坊角有伏砖，车触之即翻，尘土涴其饼，驼苦之。乃将镬剧去十余砖，下有瓷瓮，容五斛许，开看，有金数斗，于是巨富。其子昉，与萧佺交厚，时人语曰："萧佺驸马子，邹昉骆驼儿。非关道德合，只为钱相知。"

先天年，洛下人牵一牛奔，腋下有一人手，长尺余，巡坊而乞。

隋文皇帝时，大宛国献千里马，鬃曳地，号曰"师子骢"。上置之马群，陆梁人莫能制。上令并群驱来，谓左右曰："谁能驭之？"郎将裴仁基曰："臣能制之。"遂攘袂向前，去十余步，踊身腾上，一手撮耳，一手抠目，马战不敢动，乃鞴乘之。朝发西京，暮至东洛。后隋末，不知所在。唐文武圣皇帝敕天下访之。同州刺史宇文士及访得其马，老于朝邑市面家挽硙，鬃尾焦秃，皮肉穿穴，及见之悲泣。帝自出长乐坡，马到新丰，向西鸣跃。帝得之甚喜，齿口并平，饲以钟乳，仍生五驹，皆千里足也。后不知所在矣。

德州刺史张讷之一白马，其色如练，父雄为荆州刺史常乘。雄薨，子敬之为考功郎中，改寿州刺史，又乘此马。敬之薨，弟讷之从给事中、相府司马改德州刺史，入为国子祭酒，出为常州刺史，至今犹在。计八十余年，极肥健，行骤脚不散。

广平宋察娶同郡游昌女。察先代胡人也，归汉三世矣。忽生一子，深目而高鼻，疑其非嗣，将不举。须臾赤草马生一白驹，察悟曰："我家先有白马，种绝已二十五年，今又复生。吾曾祖貌胡，今此子复其先也。"遂养之。故曰"白马活胡儿"，此其谓也。

东海有蛇丘，地险多渐洳，众蛇居之，无人民。蛇或有人头而蛇身。

岭南有报冤蛇，人触之，即三五里随身即至。若打杀一蛇，则百蛇相集，将蜈蚣自防乃免。

顾渚山颏石洞有绿蛇，长可三尺余，大类小指，好栖树杪。视之若鞶带缠于柯叶间。无螫毒，见人则空中飞。

山南五溪黔中皆有毒蛇，乌而反鼻，蟠于草中。其牙倒勾，去人数步，直来疾如缴箭，螫人立死。中手即断手，中足则断足，不然则全身肿烂，百无一活。谓蝮蛇也。有黄喉蛇，好在舍上，无毒，不害人。唯善食毒蛇，食饱则垂头直下，滴沫地坟起，变为沙虱，中人为疾。额上有"大王"字，众蛇之长，常食蝮蛇。

种黍来蛇，烧殺羊角及头发，则蛇不敢来。

隋绛州夏县树提家新造宅，欲移之。忽有蛇无数，从室中流出门外，其稠如箔上蚕，盖地皆遍。时有行客，云解符镇，取桃枝四枝书符，绕宅四面钉之。蛇渐退，符亦移就之。蛇入堂中心，有一孔大如盆口，蛇入并尽。令煎汤一百斛灌之。经宿以锹掘之，深尺，得古铜钱二十万贯。因陈破铸新钱，遂巨富。蛇乃是古铜之精。

开元四年六月，郴州马岭山侧有白蛇长六七尺，黑蛇长丈余。须臾二蛇斗，白者吞黑蛇，到粗处，口两嗌皆裂，血流滂沛。黑蛇头入，啮白蛇肋上作孔，头出二尺余。俄而两蛇并死。后十余日大雨，山水暴涨，漂破五百余家，失三百余人。

左补阙毕乾泰，瀛州任丘人。父母年五十，自营生藏讫。至父年八十五，又自造棺，稍高大，嫌藏小，更加砖二万口。开藏欲修之，有蛇无数。时正月尚寒，蛰未能动，取蛇投一空井中，仍受蛇不尽。其蛇金色。泰自与奴开之，寻病而卒。月余，父母俱亡。此开之不得其所也。

沧州东光县宝观寺常有苍鹡集重阁。每有鸽数千，鹡冬中每夕取一鸽以暖足，至晓放之而不杀。自余鹰鹡不敢侮之。

太宗养一白鹡，号曰将军。取鸟常驱至于殿前，然后击杀，故名落雁殿。上恒令送书，从京至东都与魏王，仍取报，日往反数回。亦陆机黄耳之徒欤！

上元中，华容县有象入庄家中庭卧，其足下有槎。人为出之，象乃伏，令人骑。入深山，以鼻掊土，得象牙数十，以报之。

吏部侍郎郑愔，初托附来俊臣。俊臣诛，即托张易之。易之被戮，托韦庶人。后附谯王，竟被斩。

太子少保薛稷，雍州长史李晋，中书令崔湜、萧至忠、岑羲等，并外饰忠鲠，内藏谄媚，翕肩屏气，舐痔折肢。附太平公主，并腾迁云路，咸自以为得志，保泰山之安。七月三日，破家身斩，何异鹩鹋栖于苇苕，大风忽起，巢折卵破。后之君子，可不鉴哉！

赵履温为司农卿，谄事安乐公主，气势回山海，呼吸变霜雪。客谓张文成曰："赵司农何如人？"曰："猖獗小人，心佞而险，行僻而骄，折支势族，舐痔权门，谄于事上，傲于接下，猛若饥虎，贪若饿狼。性爱食人，终为人所食。"为公主夺百姓田园，造定昆池，言定天子昆明池也，用库钱百万亿。斜襻紫衫，为公主背挽金犊车。险谀皆此类。诛逆韦之际，上御承天门，履温诈喜，舞蹈称万岁。上令斩之，刀剑乱下，与男同戮。人割一脔，肉骨俱尽。

天后时，张岌谄事薛师，掌擎黄幰，随薛师后。于马旁伏地，承薛师马镫。侍御史郭霸尝来俊臣粪秽，宋之问捧张易之溺器，并偷媚取容，实名教之大弊也。

天后时，太常博士吉顼父哲易州刺史，以赃坐死。顼于天津桥南要内史魏王承嗣，拜伏称死罪。承嗣问之，曰："有二妹，堪事大王。"承嗣然之，遂犊车载入。三日不语，承嗣怪问之，二人曰："儿父犯国法，忧之无复聊赖。"承嗣既幸，免其父极刑，遂进顼笼马监，俄迁中丞、吏部侍郎。不以才升，二妹请求承嗣故也。

天后内史宗楚客性诣佞。时薛师有嫪毐之宠，遂为作传二卷。论薛师之圣从天而降，不知何代人也，释迦重出，观音再生。期年之间，位至内史。

天后梁王武三思为张易之作传，云是王子晋后身。于缑氏山立庙，词人才子佞者为诗以咏之，舍人崔融为最。周年，易之族，佞者并流于岭南。

唐崔挹子湜，桓、敬惧武三思谗间，引湜为耳目，湜乃反以桓、敬等计潜告三思。寻为中书令，湜又说三思尽杀五王，绝其归望。先是，湜为兵部侍郎，挹为礼部侍郎，父子同为南省副贰，有唐以来未之有也。上官昭容屡出外，湜谄附之。玄宗诛萧至忠后，所司奏宫人元氏款称与湜曾密谋进鸩，乃赐湜死，年四十。初，湜与张说有隙，说为中书令，议者以为说构陷之。湜美容仪，早有才名。弟液、涤及从兄涖，并有文翰，列居清要。每私宴之际，自比王、谢之家，谓人曰："吾之门地及出身历官，未尝不为第一。丈夫当先据要路以制人，岂能默默受制于人！"故进取不已，而不以令终。崔湜谄事张易之与韦庶人。及韦氏诛，附太平，有冯子都、董偃之宠。妻美，与二女并进储闱，为中书侍郎、平章事。或有人谤之曰："托庸才于主第，进艳妇于春宫。"

燕国公张说，幸佞人也。前为并州刺史，谄事特进王毛仲，饷致金宝不可胜数。后毛仲巡边，会说于天雄军大设，酒酣，恩敕忽降，授兵部尚书、同中书门下三品。说谢讫，便把毛仲手起舞，嗅其靴鼻。

将军高力士特承玄宗恩宠。遭母丧，左金吾大将军程伯献、少府监冯绍正二人直就力士母丧前披发哭，甚于己亲。朝野闻之，不胜耻笑。

　　前侍御史王景融，瀛州平舒人也。迁父灵枢就洛州，于隧道掘着龙窟，大如瓮口。景融俯而观之，有气如烟直上，冲损其目。遂失明，旬日而暴卒。

卷六

天宝中，万年主簿韩朝宗尝追一人，来迟，决五下。将过县令，令又决十下。其人患天行病而卒。后于冥司下状言，朝宗遂被追至。入乌头门极大，至中门前，一双桐树，门边一阁垂帘幕，窥见故御史洪子舆坐。子舆曰："韩大何为得此来？"朝宗云："被追来，不知何事。"子舆令早过大使。入屏墙，见故刑部尚书李乂。朝宗参见，云："何为决杀人？"朝宗诉云："不是朝宗打杀，县令重决，由患天行病自卒，非朝宗过。"又问："县令决汝，何牵他主簿！朝宗无事。然亦县丞，悉见例皆受行杖。"亦决二十放还。朝宗至晚始苏，脊上青肿，疼痛不复可言，一月已后始可。于后巡检坊曲，遂至京城南罗城，有一坊中，一宅门向南开，宛然记得追来及乞杖处。其宅中无人居。问人，云此是公主凶宅，人不敢居。乃知大凶宅皆鬼神所处，信之。

神鼎师不肯剃头，食酱一斗。每巡门乞物，得粗布破衣亦着，得绸锦罗绮亦着。于利贞师座前听，问贞师曰："万物定否？"贞曰："定。"鼎曰："阇梨言若定，何因高岸为谷，深壑为陵？有死即生，有生即死，万物相纠，六道轮回，何得为定耶！"贞曰："万物不定。"鼎曰："若不定，何不唤天为地，唤地为天，唤月为星，唤星为月？何得为不定！"贞无以应之。时张文成见之，谓曰："观法师即是菩萨行人也。"鼎曰："菩萨得之不喜，失之不悲，打之不怒，骂之不嗔，此乃菩萨行人也。鼎今乞得即喜，不得即悲，打之即怒，骂之即嗔。以此论之，去菩萨远矣。"

空如禅师者，不知何许人也。少慕修道，父母抑婚，以刀割其势，乃止。后成丁，征庸课，遂以麻蜡裹臂，以火爇之，遂成废疾。入陆浑山坐兰若，虎不为暴。山中偶见野猪与虎斗，以藜杖挥之，曰："檀越不须相争。"即弭耳分散。人皆敬之，无敢议者。

司刑司直陈希闵以非才任官，庶事凝滞。司刑府史目之为"高手笔"，言秉笔支额，半日不下，故名"高手笔"。又号"按孔子"，言窜削至多,纸面穿穴,故名"按孔子"。

衢州龙游县令李凝道性褊急。姊男年七岁,故恼之,即往逐之,不及,遂饼诱得之,咬其胸背流血,姊救之得免。又乘驴于街中,有骑马人靴鼻拨其膝,遂怒,大骂,将殴之。马走,遂无所及,忍恶不得,遂嚼路旁棘子流血。

贞观中,冀州武强县丞尧君卿失马,既得贼,枷禁未决。君卿指贼面而骂曰:"老贼吃虎胆来,敢偷我物!"贼举枷击之,应时脑碎而死。

开元中,萧颖士方年十九,擢进士。至二十余,该博三教。其赋性躁忿浮戾,举无其比。常使一仆杜亮,每一决责,皆由非义。平复,遭其指使如故。或劝亮曰:"子佣夫也,何不择其善主,而受苦若是乎?"亮曰:"愚岂不知。但爱其才学博奥,以此恋恋不能去。"卒至于死。

敬宗时,高崔巍喜弄痴。大帝令给使捺头向水下,良久,出而笑之。帝问,曰:"见屈原,云:'我逢楚怀王无道,乃沉汨罗水。汝逢圣明主,何为来?'"帝大笑,赐物百段。

秋官侍郎狄仁杰嘲秋官侍郎卢献曰:"足下配马乃作驴。"献曰:"中劈明公,乃成二犬。"杰曰:"狄字犬旁火也。"献曰:"犬边有火,乃是煮熟狗。"

吏部侍郎李安期,隋内史德林之孙,安平公百药之子,性好机警。常有选人被放,诉云:"羞见来路。"安期问:"从何关来?""从蒲津关来。"安期曰:"取潼关路去。"选者曰:"耻见妻子。"安期曰:"贤室本自相谙,亦不笑。"又一选人引铨,安期看判曰:"弟书稍弱。"对曰:"昨坠马损足。"安期曰:"损足何废好书?"为读判曰:"向看弟判,非但伤足,兼似内损。"其人惭而去。又选士姓杜名若,注芳洲官,其人惭而不伏。安期曰:"君不闻芳洲有杜若?"其人曰:"可以赠名公。"曰:"此期非彼期。"若曰:"此若非彼若。"安期笑,为之改注。又一吴士,前任有酒状,安期曰:"君状不善。"吴士曰:"知暗枪已入。"安期曰:"为君拔暗枪。"答曰:"可怜美女。"安期曰:"有精神选,还君好官。"对曰:"怪来晚。"安期笑而与官。

尹神童每说，伯乐令其子执《马经》画样以求马，经年无有似者。归以告父，乃更令求之。出见大虾蟆，谓父曰："得一马，略与相同，而不能具。"伯乐曰："何也？"对曰："其隆颅跌目脊郁缩，但蹄不如累趋尔。"伯乐曰："此马好跳踯，不堪也。"子笑乃止。

安南有象缺，有理者即过。负心者以鼻卷之，掷空中数丈，以牙接之，应时碎矣。莫敢竞者。

安南武平县封溪中有猩猩焉，如美人，解人语，知往事。以嗜酒故，以屐得之，槛百数同牢。欲食之，众自推肥者相送，流涕而别。时饷封溪令，以杷盖之。令问何物，猩猩乃笼中语曰："唯有仆并酒一壶耳。"令笑而爱之，养畜，能传送言语，人不如也。

前御史王义方出莱州司户参军，去官归魏州，以讲授为业。时乡人郭无为颇有法术，教义方使野狐。义方虽呼得之，不伏使，却被群狐竞来恼，每掷砖瓦以击义方。或正诵读，即裂其书碎。闻空中有声云："有何神术，而欲使我乎！"义方竟不能禁止。无何而卒。

并州石艾、寿阳二界有妒女泉，有神庙，泉水沉洁澈千丈。祭者投钱及羊骨，皎然皆见。俗传妒女者，介之推妹，与兄竞，去泉百里，寒食不许举火，至今犹然。女锦衣红鲜，装束盛服，及有人取山丹、百合经过者，必雷风电雹以震之。

景龙末，韦庶人专制。故安州都督、赠太师杜鹏举时尉济源县，为府召至洛城修籍，一夕暴卒，亲宾具小殓。夫人尉迟氏，敬德之孙也，性通明强毅，曰："公算术神妙，自言官至方伯，今岂长往？"即安然不哭。洎二日三夕，乃心上稍温，翌日徐苏。数日方语，云初见两人持符来召，遂相引出徽安门。门隙容寸，过之尚宽，直北上邙山，可十余里，有大坑，视不见底。使人令入，鹏举大惧，使者曰："可闭目。"执手如飞，须臾足已履地。寻小径东行，凡数十里，天气昏惨，如冬凝阴。遂至一廨，墙宇宏壮，使者先入。有碧衣官出，趋拜颇恭，既退引入。碧衣者踞坐案后，命鹏举前。旁有一狗，人语曰："误，姓□名同，非此官也。"笞使者，改符令去。有一马半身两足，跳梁而前曰："往为鹏举所杀，今请理冤。"鹏举亦醒然记之，诉云："曾知驿，敕使将马令杀，非某所愿。"碧衣命吏取案，审然之，马遂退。旁见一吏，挥手动目，教以事理，意相庇脱。证既毕，遂揖之出，碧衣拜送门外，云："某是生人，安州编户，少府当为安州都督，故先施敬，愿自保持。"言讫而向所教之吏趋出，云姓韦名鼎，亦是生人，在上都务本坊。自称向来有力，祈钱十万。鹏举辞不能致，鼎云："某虽生人，今于此用纸钱，易致耳。"遂许之。又嘱云："焚时愿以物藉之，幸不着地，兼呼韦鼎，某即自使人受。"鼎又云："既至此，岂不要见当家簿书？"遂引入一院，题云"户部"，房廊四周簿帐山积，当中三间架阁特高，覆以赤黄帏帕，金字牓曰"皇籍"。余皆露架，往往有函，紫色盖之。韦鼎云："宰相也。"因引诣杜氏籍，书签云"濮阳房"，有紫函四。发开卷，鹏举三男，时未生者，籍名已俱。遂求笔，书其名于臂。意愿踟蹰，更欲周览，韦鼎云："既不住，亦要早归。"遂引出，令一吏送还。吏云："某苦饥，不逢此使，无因得出，愿许别去，冀求一食。但寻此道，自至其所。"留之不可。鹏举遂西行，道左忽见一新城，异香闻数里，环城皆甲士持兵。鹏举问之，甲士云："相王于此上天，有四百天人来送。"鹏举曾为相王府官，忻闻此说，墙有大隙，窥见分明。天人数百，围绕相王，满地彩云，并衣仙服，皆如画者。相王前有女人执香炉引，行近窥帝，衣裙带状似剪破，一如雁齿状。相王戴一日，光明辉赫，径可丈余。相王后凡有十九日，累累成行，大光明皆如所戴。须臾有绯骑来迎，甲士令鹏举走，遂至故道，不觉已及徽安门。门闭，过之亦如去时容易，为群犬遮啮，行不可进。至家，见身在床上，跃入身中，遂寤。臂上所记如朽木书，字尚分明。遂焚纸钱十万，呼赠韦鼎。心知卜代之数，中兴之期，遂以假故来谒睿宗。上握手曰："岂敢忘德。"寻求韦鼎，适卒矣。及睿宗登极，拜右拾遗，词云："思入风雅，灵通鬼神。"敕宫人妃子数十同其妆服，令视执炉者。鹏举遥识之，乃太平公主也。问裙带之由，公主云："方熨龙衮，忽为火迸，惊忙之中，不觉爇带。仓惶不及更服。"公主歔欷陈贺曰："圣人之兴，固自天也。"鹏举所见，先睿宗龙飞前三年，故鹏举墓志云："及睿宗践祚，阴骘祥符。启圣期于化元，定成拜于幽数。"后果为安州都督。处士萧时和作传。　　一说，鹏举得释后入一院，问帝下者为谁，曰魏元忠也。有顷敬㫲入，下马，众接拜之，云是大理卿，对推事。见武三思着枷，韦温、宗楚客、赵履温等着锁，李峤露头散腰立。闻元忠等云“今年大计会”。至六月，诛逆韦，宗、赵、韦等并斩，峤解官归第，皆如其言。

柴绍之弟某，有材力，轻趫迅捷，踊身而上，挺然若飞，十余步乃止。太宗令取赵公长孙无忌鞍鞯，仍先报无忌，令其守备。其夜，见一物如鸟飞入宅内，割双镫而去，追之不及。又遣取丹阳公主镂金函枕，飞入房内，以手捻土公主面上，举头，即以他枕易之而去。至晓乃觉。尝着吉莫靴走上砖城，直至女墙，手无攀引。又以足踏佛殿柱，至檐头，捻椽覆上。越百尺楼阁，了无障碍。太宗奇之，曰：“此人不可处京邑。”出为外官。时人号为“壁龙”。太宗尝赐长孙无忌七宝带，直千金，时有大盗段师子从屋上上椽孔间而下，露拔刀谓曰：“公动即死。”遂于函中取带去，以刀拄地，踊身椽孔间出。

天后时将军李楷固，契丹人也，善用绢索。李尽忠之败也，麻仁节、张玄遇等并被绢。将獐鹿狐兔走马遮截，放索绢之，百无一漏。鞍马上弄弓矢矛矟如飞仙。天后惜其材不杀，用以为将。稍贪财好色，出为潭州乔口镇守将，愤恚而卒。

宋令文者，有神力。禅定寺有牛触人，莫之敢近，筑围以阑之。令文怪其故，遂袒裼而入。牛竦角向前，令文接两角拔之，应手而倒，颈骨皆折而死。又以五指撮碓觜壁上书，得四十字诗。为太学生，以一手挟讲堂柱起，以同房生衣于柱下压之。许重设酒，乃为之出。令文有三子：长之问，有文誉；次之逊，善书；次之悌，有勇力。之悌后左降朱鸢，会贼破驩州，以之悌为总管击之。募壮士，得八人。之悌身长八尺，被重甲，直前大叫曰：“獠贼，动即死。”贼七百人一时俱剉，大破之。

彭博通者，河间人也，身长八尺。曾于讲堂阶上临阶而立，取鞋一緉以臂夹，令有力者后拔之，鞋底中断，博通脚终不移。牛驾车正走，博通倒曳车尾，却行数十步，横拔车辙深二尺余，皆纵横破裂。曾游瓜埠，江有急风张帆，博通捉尾缆挽之，不进。

定襄公李宏，虢王之子，身长八尺。曾猎，有虎搏之，踣而卧，虎坐其上。奴走马旁过，虎跳攫奴后鞍。宏起，引弓射之，中臂而死。宏及奴一无所伤。

忠武将军辛承嗣轻捷。曾解鞍绊马，脱衣而卧，令一人百步走马持枪而来。承嗣鞲马解绊，着衣擐甲，上马盘枪逆拒，刺马擒人而还。承嗣曾与将军元帅奖驰骋，一手捉鞍桥，双足直上掠蜻蜓，走马二十里。与中郎裴绍业于青海被吐蕃围，谓绍业曰："相随带将军共出。"绍业惧，不敢。承嗣曰："为将军试之。"单马持枪，所向皆靡，却迎绍业出。承嗣马被箭，乃跳下，夺贼壮马乘之，一无损伤。裴旻为幽州都督，孙佺北征，被奚贼围之。旻马上立走，轮刀雷发，箭若星流，应刀而断。贼不敢取，蓬飞而去。

贞观中，恒州有彭闶、高瓒二人斗豪，时于大酺场上两朋竞胜。闶活捉一豚，从头咬至项，放之地上仍走。瓒取猫儿从尾食之，肠肚俱尽，仍鸣唤不止。闶于是乎帖然心伏。

梁庾信从南朝初至北方，文士多轻之。信将《枯树赋》以示之，于后无敢言者。时温子升作《韩陵山寺碑》，信读而写其本。南人问信曰："北方文士何如？"信曰："唯有韩陵山一片石堪共语。薛道衡、卢思道少解把笔，自余驴鸣犬吠，聒耳而已。"

卢照邻字昇之，范阳人。弱冠拜邓王府典签，王府书记一以委之。王有书十二车，照邻总披览，略能记忆。后为益州新都县尉，秩满，婆娑于蜀中，放旷诗酒，故世称"王杨卢骆"。照邻闻之曰："喜居王后，耻在骆前。"时杨之为文，好以古人姓名连用，如"张平子之略谈"，"陆士衡之所记"，"潘安仁宜其陋矣"，"仲长统何足知之"。号为"点鬼簿"。骆宾王文好以数对，如"秦地重关一百二，汉家离宫三十六"。时人号为"算博士"。如卢生之文，时人莫能评其得失矣。惜哉！不幸有冉耕之疾，著《幽忧子》以释愤焉。文集二十卷。

北齐兰陵王有巧思，为舞胡子。王意所欲劝，胡子则捧盏以揖之，人莫知其所由也。

幽州人刘交戴长竿高七十尺，自擎上下。有女十二，甚端正，于竿上置定，跨盘独立。见者不忍，女无惧色。后竟为扑杀。

巧人张崇者，能作灰画腰带铰具，每一胯大如钱，灰画烧之，见火即隐起，作龙鱼鸟兽之形，莫不悉备。

则天如意中，海州进一匠，造十二辰车。回辕正南则午门开，马头人出。四方回转,不爽毫厘。又作木火通,铁盏盛火,辗转不翻。

韩王元嘉有一铜樽,背上贮酒而一足倚,满则正立,不满则倾。又为铜鸠,毡上摩之热则鸣,如真鸠之声。

洛州殷文亮曾为县令,性巧好酒,刻木为人,衣以缯彩,酌酒行觞,皆有次第。又作妓女,唱歌吹笙,皆能应节。饮不尽,即木小儿不肯把;饮未竟,则木妓女歌管连理催。此亦莫测其神妙也。

将作大匠杨务廉甚有巧思,常于沁州市内刻木作僧,手执一碗,自能行乞。碗中钱满,关键忽发,自然作声云"布施"。市人竞观,欲其作声,施者日盈数千矣。

郴州刺史王琚刻木为獭,沉于水中,取鱼引首而出。盖獭口中安饵,为转关,以石缒之则沉。鱼取其饵,关即发,口合则衔鱼,石发则浮出矣。

薛眘惑者,善投壶,龙跃隼飞,矫无遗箭。置壶于背后,却反矢以投之,百发百中。

天后朝,地官郎中周子恭忽然暴亡,见大帝于殿上坐,裴子仪侍立。子恭拜,问为谁,曰:"周子恭追到。"帝曰:"我唤许子儒,何为错将子恭来?"即放去。子恭苏,问家中曰:"许侍郎好在否?"时子儒为天官侍郎,已病,其夜卒。则天闻之,驰驿向并州,问裴子仪,时为判官,无恙也。

张易之将败也,母韦氏阿藏在宅坐,家人报云有车马骑从甚多,至门而下。疑其内官也,藏出迎之,无所见。又野狐数十擎饭瓮墙头而过。未旬日而祸及。垂拱之后,诸州多进雌鸡化为雄鸡者,则天之应也。

神龙中,户部尚书李承嘉不识字,不解书。为御史大夫兼洛州长史,名判司为狗,骂御史为驴,威振朝廷。西京造一堂新成,坊人见野狐无数直入宅。须臾堂舍四裂,瓦木一聚,判事笔管手中直裂,别取笔,复裂如初。数日,出为藤州员外司马,卒。

大定年中,太州赤水店有郑家庄,有一儿郎年二十余,日晏于驿路上见一青衣女子独行,姿容姝丽。问之,云欲到郑县,待三婢未来,踟蹰伺候。此儿屈就庄宿,安置厅中,借给酒食,将衣被同寝。至晓,门久不开，呼之不应。于窗中窥之，唯有脑骨头颅在，余并食讫。家人破户入，于梁上暗处见一大鸟，冲门飞出。或云是罗刹魅也。

怀州刺史梁载言昼坐厅事，欻忽有物如蝙蝠从南飞来，直入口中，欻然似吞一物。腹中遂绞痛，数日而卒。

寿安男子不知姓名，肘拍扳，鼻吹笛，口唱歌，能半面笑半面啼。一乌犬解人语，应口所作，与人无殊。

越州兵曹柳崇忽疡生于头，呻吟不可忍。于是召术士夜观之，云："有一妇女绿裙，问之不应，在君窗下，急除之。"崇访窗下，止见一瓷妓女，极端正，绿瓷为饰。遂于铁臼捣碎而焚之，疮遂愈。

永徽中，张鷟筑马槽厂宅，正北掘一坑丈余。时《阴阳书》云子地穿，必有堕井死。鷟有奴名永进，淘井土崩压而死。又鷟故宅有一桑，高四五丈，无故枯死，寻而祖亡殁。后有明阴阳云"乔木先枯，众子必孤"，此其验也。

徐敬业举兵，有大星蓬蓬如筐笼，经三宿而失。俄而敬业败。

司刑卿杜景佺授并州长史，驰驿赴任。其夜有大星如斗，落于庭前，至地而没。佺至并州祈县界而卒。群官迎祭，回所上食为祭盘。

将军黑齿常之镇河源军，城极严峻。有三口狼入营，绕官舍，不知从何而至，军士射杀。黑齿忌之，移之外。奏讨三曲党项，奉敕许，遂差将军李谨行充替。谨行到军，旬日病卒。

天官侍郎顾琮新得三品，有子婿来谒。时大门造成，琮乘马至门，鼓鼻踏地不进。鞭之，跳跃而入，从骑亦如之。有顷，门无故自倒，琮不悦，遂病。郎中、员外已下来问疾，琮云："未合入三品，为诸公成就至此，自知不起矣。"旬中而薨。

张易之初造一大堂甚壮丽，计用数百万。红粉泥壁，文柏帖柱，琉璃沉香为饰。夜有鬼书其壁曰"能得几时"，令削去，明日复书之。前后六七，易之乃题其下曰"一月即足"，自是不复更书。经半年，易之籍没，入官。

崔玄暐初封博陵王，身为益府长史，受封。令所司造辂，初成，有大风吹其盖倾折，识者以为不祥。无何，弟晕为云阳令，部人杀之雍州衙内。暐三从以上长流岭南。斯亦咎征之先见也。

　　瀛州饶阳人宋善威曾任一县尉,尝昼坐,忽然取鞋衫笏走出门,迎接拜伏引入。诸人不见,但闻语声。威命酒馔乐饮,仍作诗曰:"月落三株树,日映九重天。良夜欢宴罢,暂别庚申年。"后威果至庚申年卒。

　　开元三年,有熊昼日入广府城内,经都督门前过,军人逐十余里,射杀之。后月余,都督李处鉴死。自后长史朱思贤被告反,禁身半年,才出即卒。司马宋草宾、长史窦崇嘉相继而卒。

　　开元四年,尚书考功院厅前一双桐树忽然枯死。旬日,考功员外郎邵某卒。寻而麴先冲为郎中,判邵旧案。月余,西边树又枯死,省中忧之。未几而先冲又卒。

　　源乾曜为宰相,移政事床。时姚元崇归休,及假满来,见床移,忿之。曜惧,下拜。玄宗闻之而停曜。宰相讳移床,移则改动。曜停后元崇亦罢,此其验也。

　　梁简文之生,志公谓武帝曰:"此子与冤家同年生。"其年,侯景生于雁门,乱梁,诛萧氏略尽。

　　魏徵为仆射,有二典事之长参,时徵方寝,二人窗下平章。一人曰:"我等官职总由此老翁。"一人曰:"总由天上。"徵闻之,遂作一书,遣"由此老翁"人者送至侍郎处,云"与此人一员好官"。其人不知,出门心痛,凭"由天上"者送书。明日引注,"由老人"者被放,"由天上"者得留。徵怪之,问焉,具以实对。乃叹曰:"官职禄料由天者,盖不虚也。"

　　娄师德为扬州江都尉,冯元常亦为尉,共见张同藏。藏曰:"二君俱贵,冯位不如娄。冯唯取钱多,即官益进;娄若取一钱,官即落。"后冯为浚仪尉,多肆惨虐,巡察以为强,奏授云阳尉。又缘取钱事雪,以为清强监察。娄竟不敢取一钱,位至台辅,家极贫匮。冯位至尚书左丞,后得罪,赐自尽。娄至纳言卒。

　　王显与文武皇帝有严子陵之旧,每掣裈为戏,将帽为欢。帝微时,常戏曰:"王显抵老不作茧。"及帝登极,而显谒奏曰:"臣今日得作茧耶?"帝笑曰:"未可知也。"召其三子,皆授五品,显独不及。谓曰:"卿无贵相,朕非为卿惜也。"曰:"朝贵而夕死足矣。"时仆射房玄龄曰:"陛下既有龙潜之旧,何不试与之?"帝与之三品,取紫袍、金带赐之,其夜卒。

太宗极康豫,太史令李淳风见上,流泪无言。上问之,对曰:"陛下夕当晏驾。"太宗曰:"人生有命,亦何忧也。"留淳风宿。太宗至夜半,奄然入定,见一人云:"陛下暂合来,还即去也。"帝问:"君是何人?"对曰:"臣是生人判冥事。"太宗入见,冥官问六月四日事,即令还。向见者又迎送引导出。淳风即观玄象,不许哭泣,须臾乃寤。至曙,求昨所见者,令所司与一官,遂注蜀道一丞。上怪问之,选司奏,奉进止与此官。上亦不记,旁人悉闻,方知官皆由天也。

王无寻好博戏,善鹰鹞。文武圣皇帝微时,与无寻蒲戏争彩,有李阳之宿憾焉。帝登极,寻藏匿不出。帝令给使将一鹞子于市卖之,索钱二十千。寻不知也,酬钱十八贯,给使以闻。帝曰:"必王无寻也。"遂召至,惶惧请罪。帝笑赏之,令于春明门待诸州麻车三日,并与之。寻坐三日,属灞桥破,唯得麻三车,更无所有。帝知其薄命,更不复赏。频请五品,帝曰:"非不与卿,惜卿不胜也。"固请,乃许之,其夜遂卒。

云 溪 友 议

〔唐〕范 摅 撰

阳羡生 校点

校 点 说 明

《云溪友议》,共六十五条,大抵记述唐开元以后文坛的逸事琐闻、诗歌本事,性质颇类孟棨所著《本事诗》。此书尤其引起后人注目的是这样几点:一是作者的生活年代与所记之事时间较为切近,"耳目所接,终较后人为近"(《四库全书总目》卷一四○);二是书中较集中地提供了唐代白话诗的资料;三是其中有不少资料被后人改编为戏剧或小说,成为后世其他艺术形式的素材。它的缺点是,所载多有不实之处。关于这一点,《四库全书总目》亦曾指出,并谓此书立论亦多有不当之处,读者可参看。

著者范摅,吴人,居越州五云溪(会稽若耶溪别名),自号五云溪人、云溪子。与诗人方干同时。乾符间客于湖州雪川,闻李涉遇盗,曾往游巫峡。一生未做官,以布衣终。谢世后,李咸用曾有《悼范摅处士诗》(据余嘉锡《四库提要辨证》)。

《云溪友议》,《新唐书·艺文志》著录三卷,《直斋书录解题》作十二卷,《宋史·艺文志》作十一卷(《四库全书总目》以为是刊误)。现存《稗海》本十二卷、明刻本三卷。两本内容无异,唯三卷本各以三字标题,十二卷本则无。1957年古典文学出版社曾据《四部丛刊》影印明刊三卷本标点排印,中华书局上海编辑所又于1959年以商濬《稗海》本核勘。此次整理即以中华上编本为底本,明显讹误,即据《稗海》本、《太平广记》有关条目校改,间亦依《四库》本改正误字。

目　　录

云溪友议序

　　近代何自然续《笑林》，刘梦得撰《嘉话录》，或偶为编次，论者称美。余少游秦、吴、楚、宋，有名山水者，无不弛驾踌躇，遂兴长往之迹。每逢寒素之士，作清苦之吟，或樽酒和酬，稍蠲于远思矣。谚云：街谈巷议，倏有裨于王化。野老之言，圣人采择。孔子聚万国风谣，以成其《春秋》也。江海不却细流，故能为之大。摭昔藉众多，因所闻记，虽未近于丘坟，岂可昭于雅量？或以篇翰嘲谑，率尔成文，亦非尽取华丽，因事录焉，是曰《云溪友议》。傥论交会友，庶希于一述乎！

卷上

名　儒　对

王仆射起，再主礼闱，远迩称扬，皆以文德巍巍，聿兴之也。武宗皇帝诏至殿曰："朕近见二字，一'叾'一'㝷'，莫能详也，特询于卿。"王公对曰："臣于三教经典，窃常遍览。向者二字，群书未之见也，未审天颜于何文而得。《周穆王传》有'鸷''㲋'二字，经百儒宗，但言古马名，不敢分于飞兔、騄駬，于今靡有详之者也。"上笑曰："知卿夙儒，学综朝野，偶为此二字相试，非于经籍而得之。"遂赐金彩等。乃知王公，三学之中，无不通晓。我唐之孔、郑乎？

南　阳　录

李筌郎中为荆南节度判官，集《阃外春秋》十卷。既成，自鄙之，曰："常文也。"乃注黄帝《阴符经》，兼成大义。至"禽兽之制在气"，经年懵然不解。忽梦乌衣人引理而教之，其书遂行于世，金谓鬼谷、留侯复生也。所谓玄龟食蟒，黄腰服虎，飞鼠断猿，粮犰啗鹤，以小服大，皆得乌衣之旨，筌遂通其义也。筌后为邓州刺史，常夜占星宿而坐。一夕，三更，东南隅忽见异气。明旦，呼吏于郊市，如产男女者，不以贫富，悉取至焉。过十余辈，筌视之曰："皆凡骨也。"重令于村落搜访之。乃得牧羊胡妇一子，李君惨容曰："此假天子也。"座客劝杀之，筌以为不可，曰："此胡雏必为国盗，古亦有然，杀假恐生真矣。"则安禄山生于南阳，异人先知之矣。梁代志公谶曰："两角女子绿衣裳，端坐太行邀君王，一止之月自灭亡。"解曰："两角女子，'安'字也；绿衣，'禄'字也；太行，'山'字也；一止，'正'字也。"禄山果于正月死也。后李遐周谶曰："樵市人将尽，函关马不归；道逢山下鬼，环上系罗衣。"又曰："此天下之事，不可卒去。"是以石勒致鹿奔之兆，桓玄动星光之瑞，王夷甫、宋高祖非不欲早害玄、勒，永称太平，杀之不得耳。梁武帝视太白之变，而下殿奔，后愧于夷狄之主。凡为大盗者，必有异也。筮首知之，知之而不可禳也。

苎　萝　遇

王轩少为诗，寓物皆属咏，颇闻《淇澳》之篇。游西小江，泊舟苎萝山际，题西施石曰："岭上千峰秀，江边细草春。今逢浣纱石，不见浣纱人。"题诗毕，俄而见一女郎，振琼珰，扶石笋，低回而谢曰："妾自吴宫还越国，素衣千载无人识。当时心比金石坚，今日为君坚不得。"既为鸳鸯之会，仍为恨别之词。后有萧山郭凝素者，闻王轩之遇，每适于浣溪，日夕长吟，屡题歌诗于其石，寂尔无人，乃郁怏而返。进士朱泽嘲之，闻者莫不嗤笑。凝素内耻，无复斯游。泽诗曰："三春桃李本无言，苦被残阳鸟雀喧。借问东邻效西子，何如郭素拟王轩。"

鲁　公　明

颜鲁公为临川内史，浇风莫竞，文教大行。康乐已来，用为嘉誉也。邑有杨志坚者，嗜学而居贫，乡人未之知也。山妻厌其馈赠不足，索书求离，志坚以诗送之曰："平生志业在琴诗，头上如今有二丝。渔父尚知溪谷暗，山妻不信出身迟。荆钗任意撩新鬓，明镜从他别画眉。今日便同行路客，相逢即是下山时。"其妻持诗诣州，请公牒，以求别醮。颜公案其妻曰："杨志坚素为儒学，遍览九经，篇咏之间，风骚可摭。愚妻睹其未遇，遂有离心。王欢之廪既虚，岂遵黄卷；朱叟之妻必去，宁见锦衣？恶辱乡间，败伤风俗，若无褒贬，侥幸者多。阿王决二十后，任改嫁。杨志坚秀才，赠布绢各二十匹、禄米二十石，便署随军，仍令远近知悉。"江左十数年来，莫有敢弃其夫者。

真　诗　解

濠梁人南楚材者,旅游陈颍。岁久,颍守慕其仪范,将欲以子妻之。楚材家有妻,以受颍牧之眷深,忽不思义,而辄已诺之。遂遣家仆归取琴书等,似无返旧之心也。或谓求道青城,访僧衡岳,不亲名宦,唯务玄虚。其妻薛媛,善书画,妙属文,知楚材不念糟糠之情,别倚丝萝之势,对镜自图其形,并诗四韵以寄之。楚材得妻真及诗范,遽有隽不疑之让,夫妇遂偕老焉。里语曰:"当时妇弃夫,今日夫离妇。若不逞丹青,空房应独守。"薛媛写真寄夫诗曰:"欲下丹青笔,先拈宝镜端。已惊颜索寞,渐觉鬓凋残。泪眼描将易,愁肠写出难。恐君浑忘却,时展画图看。"

毗　陵　出

慎氏者,毗陵庆亭儒家之女。三史严灌夫,因游彼,遂结姻好,同载归蕲春。经十余秋,无胤嗣。灌夫乃拾其过,而出妻,令归二浙。慎氏慨然登舟,亲戚临流相送,妻乃为诗以诀灌夫。灌夫览诗凄感,遂为夫妇如初。云溪子曰:曹叔妻叙《东征》之赋,刘伶室作《诫酒》之辞;以女子之所能,实其罕矣。爰书薛媛之事,斯可附焉。慎氏诗曰:"当时心事已相关,雨散云飞一饷间。便是孤帆从此去,不堪重过望夫山。"

巫　咏　难

秭归县繁知一,闻白乐天将过巫山,先于神女祠粉壁,大署之曰:"苏州刺史今才子,行到巫山必有诗。为报高唐神女道,速排云雨候清词。"白公睹题处怅然,邀知一至,曰:"历阳刘郎中禹锡,三年理白帝,欲作一诗于此,怯而不为。罢郡经过,悉去千余首诗,但留四章而已;此四章者,乃古今之绝唱也。而人造次不合为之。"沈佺期诗曰:

"巫山高不极,合沓奇状新。暗谷疑风雨,幽崖若鬼神。月明三峡曙,潮满九江春。为问阳台客,应知入梦人。"王无竞诗曰:"神女向高唐,巫山下夕阳。徘徊作行雨,婉娈逐荆王。电影江前落,雷声峡外长。霏云无处所,台馆晓苍苍。"李端诗曰:"巫山十二重,皆在碧虚中。回合云藏日,霏微雨带风。猿声寒渡水,树色暮连空。愁向高唐去,千秋见楚宫。"皇甫冉诗曰:"巫峡见巴东,迢迢出半空。云藏神女馆,雨到楚王宫。朝暮泉声落,寒暄树色同。清猿不可听,偏在九秋中。"白公但吟四篇,与繁生同济,竟而不为。故太尉李德裕镇渚宫,尝谓宾侣曰:"余偶欲遥赋《巫山神女》一诗,下句云'自从一梦高唐后,可是无人胜楚王'。昼梦宵征巫山,似欲降者,如何?"段记室成式曰:"屈平流放湘沅,椒兰友而不争,卒葬江鱼之腹,为旷代之悲。宋玉则招屈之魂,明君之失,恐祸及身,遂假高唐之梦以惑襄王,非真梦也。我公作神女之诗,思神女之会,唯虑成梦,亦恐非真。"李公退惭,其文不编集于卷也。

灵　丘　误

麻姑山,山谷之秀,草木多奇。邓仙客至延康,四五代为国道师,而锡紫服。洎死,自京辇归,葬是山,是谓"尸解"也。然悉为丘垄,松柏相望。词人经过,必当兴咏几千首矣。忽有一少年,偶题一绝句,不言姓字,但云"天峤游人"耳。后来观其所刺,无复为文,且邓氏之名,因斯稍减矣。诗曰:"鹤老芝田鸡在笼,上清那与俗尘同。既言白日升仙去,何事人间有殡宫?"

襄　阳　杰

郑太穆郎中为金州刺史,致书于襄阳于司空顿。郑书傲倪自若,似无郡吏之礼。书曰:"阁下为南溟之大鹏,作中天之一柱。骞腾则日月暗,摇动则山岳颓。真天子之爪牙,诸侯之龟镜也。太穆孤幼二百余口,饥冻两京。小郡俸薄,尚为衣食之忧,沟壑之期,斯须至矣。

伏惟贤公，息雷霆之威，垂特达之节，赐钱一千贯、绢一千匹、器物一千事、米一千石、奴婢各十人。"且曰："分千树一叶之影，即是浓阴；减四海数滴之泉，便为膏泽。"于公览书，亦不嗟讶，曰："郑使君所须，各依来数一半；以戎旅之际，不全副其本望也。"又有匡庐符载山人遣三尺童子赍数幅之书，乞买山钱百万，公遂与之，仍加纸墨衣服等。又有崔郊秀才者，寓居于汉上，蕴积文艺，而物产罄悬。无何，与姑婢通，每有阮咸之从。其婢端丽，饶彼音律之能，汉南之最也。姑贫，鬻婢于连帅。连帅爱之，以类无双，无双，即薛太保爱妾，至今图画观之。给钱四十万，宠眄弥深。郊思慕无已，即强亲府署，愿一见焉。其婢因寒食来从事家，值郊立于柳阴，马上连泣，誓若山河。崔生赠之以诗曰："公子王孙逐后尘，绿珠垂泪滴罗巾。侯门一入深如海，从此萧郎是路人。"或有嫉郊者，写诗于于座。公睹诗，令召崔生，左右莫之测也。郊则忧悔而已，无处潜遁也。及见郊，握手曰："'侯门一入深如海，从此萧郎是路人。'便是公制作也。四百千，小哉！何靳一书，不早相示！"遂命婢同归，至于帏幌奁匣，悉为增饰之，小阜崔生矣。初，有客自零陵来，称戎昱使君席上有善歌者，襄阳公遽命召焉。戎使君岂敢违命，逾月而至。及至，令唱歌，乃戎使君送妓之什也。公曰："丈夫不能立功立业，为异代之所称，岂有夺人姬爱，为己之嬉娱？以此观之，诚可窜身于无人之地。"遂多以缯帛赆行，手书逊谢于零陵之守也。云溪子曰：王敦驱女乐以给军士，杨素归徐德言妻，临财莫贪，于色不吝者，罕矣！时人用为雅谭。历观国朝挺特英雄，未有如襄阳公者也。戎使君诗曰："宝钿香蛾翡翠裙，妆成掩泣欲行云。殷勤好取襄王意，莫向阳台梦使君。"

冯 生 佞

　　雍陶员外，蜀川人也。上第后，稍薄于亲党。其舅云安刘敬之，罢举归三峡，素事篇章，让陶不寄书，曰："山近衡阳虽少雁，水连巴蜀岂无鱼？"陶得诗悸报，方有狐首之思欤。后为简州牧，自比之谢宣城、柳吴兴也。宾至则折挫之，阍者亦怠，投赘者稀得见焉。有冯道明下第,请谒,云:"与员外故旧。"阍者以道明言启之。及引进,陶诃曰:"与公昧平生,何方相识矣!"道明曰:"诵员外之言,仰员外之德;诗集中日得相见,何隔平生也?"遂吟曰:"立当青草人先见,行近白莲鱼未知。"又曰:"江声秋入寺,雨气夜侵楼。"又曰:"闭门客到常疑病,满院花开不似贫。"陶闻吟,欣狎待道明如曩昔之友。君子以雍君矜夸而好媚,冯子匪艺而求知;其两违之,文园岂尚也?

江 都 事

李相公绅督大梁日,闻镇海军进健卒四人,一曰富苍龙,二曰沈万石,三曰冯五千,四曰钱子涛,悉能拔楔角抵之戏。既至,果然趑径也。翌日,于球场内犒劳,以驾车老牛筋皮为炙瘤魁之肴。_{魁,酒樽也,盛一斗二升,多以栖槐榴为之,或铜铸也。}坐四辈于地茵,大梻,令食之。万石等三人,视炙坚粗,莫敢就食。独五千瞋目张口,两手捧炙,如虎啖肉。丞相曰:"真壮士也! 可以扑杀西域健胡。"又令试于抵戏,苍龙等亦不利,独五千胜之。十万之众,为之披靡。于是独进五千,苍龙等退还本道,语曰:"壮儿过大梁,如上龙门也。"大梁城北门,常扃锁不开,开必有事。公命开之,骡子营骚动,军府乃悉诛之,自此平泰也。李公既治淮南,决吴湘之狱,而持法清峻,犯者无宥,有严、张之风也。狡吏奸豪,潜形叠迹。然出于独见,寮佐莫敢言之。李元将评事及弟仲将,侨寓江都。李公羁旅之年,每止于元将之馆,而叔呼焉。荣达之后,元将称弟称侄,皆不悦也;及为孙子,方似相容。又有崔巡官者,昔居郑圃也,与丞相同年之旧,特远来谒。才到客舍,不意家仆与市人有竞,诘其所以,仆人曰:"宣州馆驿崔巡官。"下其仆、市人皆抵极法。令捕崔至,曰:"昔尝识君,到此何不相见也?"崔生叩头谢曰:"适憩旅舍,日已迟晚,相公尊重,非时不敢具陈卑礼。伏希哀怜,获归乡里。"遂縻留服罪,笞股二十,送过秣陵,貌若死灰,莫敢恸哭。时人相谓曰:"李公宗叔翻为孙子,故人忽作流囚。"邑客黎人,惧罹不测之祸,渡江过淮者众矣。主吏启曰:"户口逃亡不少。"丞相曰:"汝不见淘麦乎? 秀者在下,糠秕随流。随流者,不必报来。"自此一言,竟

无逾境者也。又忽有少年，势似疏简，自云："辛氏郎君来谒。"丞相于
晤对之间，未甚周至。悬车白尚书先寄元相公诗曰："闷劝迂辛酒，闲
吟短李诗。"且曰："辛大丘度，性迂嗜酒；李二十绅，短而能诗。"辛氏
郎君，即丘度之子也，谓李公曰："小子每忆白廿二丈诗曰：'闷劝畴
昔酒，闲吟廿丈诗。'"李公笑曰："辛大有此狂儿，吾敢不存旧矣。"凡
是官族，相快辛氏子之能忓诞，丞相之受侮，刚肠暂屈乎？有一曹官
到任，仪质颇似府公；府公见而恶之，书其状曰："着青把笏，也请料
钱。睹此形骸，足可伤叹。"左右皆窃笑焉。又有宿将有过，请罚，且
云："臭老兵，倚恃年老，而刑不加；若在军门，一百也决。"竟不免其榰
楚。凡所书判，或是卒然，故趋事皆惊神破胆矣。初，李公赴荐，常以
古风求知，吕光化温谓齐员外煦及弟恭曰："吾观李二十秀才之文，斯
人必为卿相。"果如其言。诗曰："春种一粒粟，秋收万颗子。四海无
闲田，农夫犹饿死。""锄禾日当午，汗滴禾下土。谁知盘中餐，粒粒皆
辛苦！"先是，元相公廉察江东之日，修龟山寺鱼池，以为放生之铭，戒
其僧曰："劝汝诸僧好护持，不须垂钓引青丝。云山莫厌看经坐，便是
浮生得道时。"李公到镇，游于野寺，睹元公之诗而笑曰："僧有渔罟之
事，必投于镜湖。"后有犯者，坚而不恕焉。复为二绝而示之云："剃发
多缘是代耕，好闻人死恶人生。祇园说法无高下，尔辈何劳尚世情。"
"汲水添池活白莲，十千鬐鬣尽生天。凡庸不识慈悲意，自葬江鱼入
九泉。"忽有老僧诣谒，愿以因果喻之。丞相问："阿师从何处来？"答
云："贫道从来处来。"遂决二十，曰："任从去处去。"至如浮薄宾客，莫
敢候门。三教所来，俱有区别。海内服其才俊，终于相者也。初贫，
游无锡惠山寺，累以佛经为文稿，致主藏僧殴打，终身所憾焉。后之
剡川天宫精舍，凭笈而昼寝。有老僧斋罢，见一大蛇上刹前李树，食
其子焉。恐其遗毒而人误食之，徐徐驱下，蛇乃望东序而去，遂入李
秀才怀中，倏而不见矣。公乃惊觉。老僧曰："秀才睡中有所睹否？"
李公曰："梦中上李树食李，甚美。似有一僧相逼。及寤，乃见上人。"
老僧知此客非常，延归本院，经数年而辞赴举。将行，赠以衣钵之资，
因喻之曰："郎君身必贵矣。然勿以僧之尤过，贻于祸难。"及领会稽，
僧有犯者，事无巨细，皆至极刑。唯忆无锡之时也，遂更剡川为龙宫

寺额。嗟老僧之已逝,为其营塔立碑,平生之修建,只于龙宫一寺矣。云溪子曰:萧相国立殊勋,方明昂宿;《前汉史》谓:鄼侯,昂星之精尔。杜元凯因醉吐,始见蛇形。则李公食李于龙宫,其不谬矣。

南 海 非

房千里博士初上第,游岭徼诗序云:"有进士韦滂者,自南海邀赵氏而来,十九岁,为余妾。余以鬓发苍黄;倦于游从,将为天水之别。止素秋之期,纵京洛风尘,亦其志也。赵屡对余潸然恨恨者,未得偕行。即泛轻舟,暂为南北之梦。歌陈所契,诗以寄情。"曰:"鸾凤分飞海树秋,忍听钟鼓越王楼。只应霜月明君意,缓抚瑶琴送我愁。山远莫教双泪尽,雁来空寄八行幽。相如若返临邛市,画舸朱轩万里游。"万里桥在蜀川。房君至襄州,逢许浑侍御赴弘农公番禺之命,千里以情意相托,许具诺焉。才到府邸,遣人访之,拟持薪粟给之,曰:"赵氏却从韦秀才矣。"许与房、韦,俱有布衣之分,欲陈之,虑伤韦义;不述之,似负房言。素款难名,为诗代报。房君既闻,几有欧阳四门詹太原之丧。欧阳太原亡姬之事,孟简尚书已有序诗述之矣。浑寄房秀才诗曰:"春风白马紫丝缰,正值蚕眠未采桑。五夜有心随暮雨,百年无节待秋霜。重寻绣带朱藤合,却认罗裙碧草长。为报西游减离恨,阮郎才去嫁刘郎。"

四 背 篇

刘长卿郎中,皆谓前有沈、宋、王、杜,后有钱、郎、刘、李。刘君曰:"李嘉祐、郎士元,焉得与予齐称也!"每题诗,不言其姓,但"长卿"而已,以海内合知之乎? 士林或之讥也。宋雍初无令誉,及婴瘖疾,其诗名始彰。卢员外纶作拟僧之诗,僧清江作七夕之咏,刘随州有眼作无眼之句,宋雍无眼作有眼之诗。诗流以为四背,或云四倒,然辞意悉为佳致乎? 卢公诗曰:"愿得远公知姓字,焚香洗钵过余生。"清江上人诗曰:"唯愁更漏促,离别在明朝。"刘随州诗曰:"细雨湿衣看不见,闲花落地听无声。"宋君诗曰:"黄鸟不堪愁里听,绿杨宜向雨中看。"

严 黄 门

武后朝严安之、定之,昆弟也。安之为长安戎曹,权过京尹,至今为寮者,愿得安之之术焉。定之则登历台省,亦有时名。娶裴卿之女,才三夕,其妻梦一人佩服金紫,美须鬓,曰:"诸葛亮也,来为夫人儿。"既妊而产婴孩,其状端伟,颇异常流,定之薄其妻而爱其子。严武年八岁,询其母曰:"大人常厚玄英,玄英,定之妾也。未常慰省阿母,何至于斯乎?"母曰:"吾与汝,母子也。以汝尚幼,未之知也。汝父薄幸,嫌吾寝陋,枕席数宵,遂即怀汝。自后相弃如离妇焉。"其母凄咽,武亦愤惋难处。候父既出,玄英方睡,武持小铁锤,击碎其首。及定之归,惊愕,视之,乃毙矣。左右曰:"小郎君戏运铁锤而致之。"定之呼武至,曰:"汝何戏之甚矣!"武曰:"焉有大朝人士,厚其侍妾,困辱儿之母乎?故须击杀,非戏之也。"父曰:"真严定之之子。"而每抑遏,恐其非器。武年二十三,为给事黄门侍郎,明年拥旄西蜀,累于饮筵,对客骋其笔札。杜甫拾遗乘醉而言曰:"不谓严定之有此儿也!"武恚目久之,曰:"杜审言孙子,拟捋虎须?"合座皆笑,以弥缝之。武曰:"与公等饮馔谋欢,何至于祖考耶?"房太尉绾亦微有所忤,忧怖成疾。武母恐害贤良,遂以小舟送甫下峡。母则可谓贤也,然二公几不免于虎口矣。李太白为《蜀道难》,乃为房、杜之危也,略曰:"剑阁峥嵘而崔嵬。一夫当关,万夫莫开。所守或非人,化为狼与豺。此谓武之酷暴矣。朝避猛虎,夕避长蛇。磨牙吮血,杀人如麻。锦城虽云乐,不如早还家。蜀道之难难于上青天,侧身西望长咨嗟。"杜初自作《阆中行》:"豺狼当路,无地游从。"或谓章仇大夫兼琼为陈拾遗雪狱,陈晃字子昂。高适侍御与王江宁昌龄申冤,当时同为义士也。李翰林作此歌,朝右闻之,疑严武有刘焉之志。支属刺史章彝,因小瑕,武遂棒杀;后为彝外家报怨,严氏遂微焉。

哀　贫　诫

余以曾子回车不入胜母之间，吕不韦有桐轮之媚，是乃曾参立孝行之名，不韦抱淫邪之责。迩之进退者，岂以二子而骂是非乎？渚宫有李令者，自宰延安，本狡猾之徒也。强为篇章，而干谒时贵。有归评事任江陵蹉院，常怀恤士之心。李令既识归君，累求救贷，而悉皆允诺。又云："某欲寻亲湖外，辄假舍而安家族。"归君亦敏诺之。李且乘舟而去。不二旬，其妻遣仆使告丐糇粮，主人拯其乏绝。李忽寄书于蹉院，情况款密，且异寻常，书中有赠家室等诗一首，意欲组织归君。归君快恨，悔而不能明，与率武陵渠江之务，以糊其口焉。举士沈擢，既违名路，从知长沙，每述于同院众宾，用兹戒慎也。李令寄妻诗曰："有人教我向衡阳，一度思归欲断肠。为报艳妻兼少女，与吾觅取朗州场。"

古　制　兴

文宗元年秋，诏礼部高侍郎锴，复司贡籍，曰："夫宗子维城，本枝百代，封爵便宜，无令废绝。常年宗正寺解送人，恐有浮薄，以忝科名。在卿精拣艺能，勿妨贤路。其所试，赋则准常规，诗则依齐梁体格。"乃试《琴瑟合奏赋》《霓裳羽衣曲诗》。主司先进五人诗，其最佳者，其李肱乎？次则王收日斜见赋，则《文选》中《雪赋》《月赋》也。况肱宗室，德行素明，人才俱美，敢不公心，以辜圣教？乃以榜元及第。《霓裳羽衣曲诗》，任用韵。李肱："开元太平时，万国贺丰岁。梨园献旧曲，玉座流新制。风管势参差，霞衣竞摇曳。宴罢水殿空，辇馀春草细。蓬壶事已久，仙乐功无替。讵肯听遗音，圣明知善继。"上披文曰："近属如肱者，其不忝乎！有刘安之识，可令著书；执马孚之正，可以为传。秦赢统天下，子弟同匹夫，根本之不深固，曹冏曷不非也。"评曰："李君文章精练，行义昭详。策名于睿哲之朝，得路于韦萧之室。然止于岳、齐二牧，未登大任，其有命焉！"

夷　君　诮

登州贾者马行馀，转海拟取昆山路，适桐庐时，遇西风而吹到新罗国。新罗国君闻行馀中国而至，接以宾礼，乃曰："吾虽夷狄之邦，岁有习儒者，举于天阙，登第荣归，吾必禄之且厚。乃知孔子之道，被于华夏乎！"因与行馀论及经籍，行馀避位曰："庸陋贾竖，长养虽在中华，但闻土地所宜，不识诗书之义。熟诗书、明礼律者，其唯士大夫乎，非小人之事也。"遂乃言辞，扬舸背扶桑而去。新罗君讶曰："吾以中国之人，尽闲典教，不谓尚有无知之俗欤！"行馀还至乡井，自以贪吝百味好衣，愚昧不知学道，为夷狄所诮，况于英哲也。

饯　歌　序

李尚书讷夜登越城楼，闻歌曰："雁门山上雁初飞。"其声激切。召至，曰："去籍之妓盛小丛也。"曰："汝歌何善乎？"曰："小丛是梨园供奉南不嫌女甥也。所唱之音，乃不嫌之授也。今色将衰，歌当废矣！"时察院崔侍御元范，自府幕而拜，即赴阙庭，李公连夕饯崔君于镜湖光候亭。屡命小丛歌饯，在座各为一绝句赠送之。亚相为首唱矣，崔下句云："独向柏台为老吏。"皆曰："侍御凤阁中书，即其程也，何以老于柏台？"众请改之。崔让曰："某但止于此任，宁望九迁乎？"是年秋，崔君鞫狱于谯中，乃终于柏台之任矣。杨、封、卢、高数篇，亦其次也。《听盛小丛歌送崔侍御浙东廉使》，李讷："绣衣奔命去情多，南国佳人敛翠蛾。曾向教坊听国乐，为君重唱盛丛歌。"《奉和亚台御史》，崔元范："杨公留宴岘山亭，洛浦高歌五夜情。独向柏台为老吏，可怜林木响余声。"团练判官杨知至："燕赵能歌有几人，落花回雪似含嚬。声随御史西归去，谁伴文翁怨九春？"观察判官封彦冲："莲府才为绿水宾，庾杲之在王俭府，似芙蓉泛绿水，故有此句。忽乘骏马入咸秦。为君唱作西河调，日暮偏伤去住人。"观察支使卢邺："何郎戴笏别贤侯，更吐歌珠宴庾楼。莫道江南不同醉，即陪舟楫上京游。"前进士高湘："谢安春渚饯袁宏，千里仁风一扇清。歌黛惨时方酩酊,不知公子重飞觥。"处士卢潋:"乌台上客紫髯公,共捧天书静镜中。桃叶不须歌白苧,耶溪暮雨起樵风。"

宗　兄　悼

滕倪苦心为诗,嘉声早播。远之吉州,谒宗人迈郎中。吉守以"吾家鲜士,此弟则千里之驹也",每吟其"白发不知容相国,也同闲客满头生"。又《题鹭鸶障子》云:"映水有深意,见人无惧心。"且曰:"魏文酷陈思之学,潘岳褒正叔之文;贵集一家之芳,安以宗从疏远矣。"倪既秋试,捧笈告游,及留诗一首为别。滕君得之怅然,曰:"此生必不与此子再相见也。"乃祖于大皋之阁,别异常情。倪至秋深,逝于商於之馆舍,闻者莫不伤悼焉。倪诗曰:"秋初江上别旌旗,故国无家泪欲垂。千里未知投足处,前程便是听猿时。误攻文字身空老,却返樵渔计已迟。羽翼凋零飞不得,丹霄无路接差池。"

梦　神　姥

卢著作肇为华州纥干公泉防御判官,游仙掌诸峰,歇马于巨灵庙。忽寐,梦在数间空舍中,见一老姬于大釜中燃火。卢君询其所由,曰:"老人是华岳神母也。"又问:"釜中煮者何物?"母曰:"橡子也。""用此奚为?"母愀然曰:"食之也。"卢曰:"且儿为五岳神主,厌于祷祠;母食树子,岂无奉养之志乎?"母曰:"以神鬼之道,虽有君臣父子,祸福本不相及矣。祈祭之所,不呼名字者,不得飨焉。"卢梦毕,召岳庙祝,别置神母位,常馔出生一分,公宴则阙。在家,忽遗忘之,哕咽而体中不快也。云溪子曰:亲闻范阳所述,故书之。

玉　泉　祠

余以鬼神之道难明也,视之不见,听之不闻。朝贤后于盟津,报受禅于晋壤,祷祀名山大川,则其兆应也。蜀前将军关羽守荆州,梦猪啮足，自知不祥，语其子曰："吾衰暮矣。是若征吴，必不还尔。"果为吴将吕蒙麾下所殪，蜀遂亡荆州。今吴楚之俗，梦半猪者，乃书其屋柱而禳之。玉泉祠，天下谓四绝之境。或言此祠鬼兴土木之功而树，祠曰"三郎神"。三郎，即关三郎也。允敬者，则仿佛似睹之。缁俗居者，外户不闭，财帛纵横，莫敢盗者。厨中或先尝食者，顷刻大掌痕出其面，历旬愈明。侮慢者，则长蛇毒兽随其后。所以惧神之灵，如履冰谷，非斋戒护净，莫得居之。

舞　娥　异

李八座翱，潭州席上有舞柘枝者，匪疾而颜色忧悴。殷尧藩侍御当筵而赠诗曰："姑苏太守青蛾女，流落长沙舞柘枝。满座绣衣皆不识，可怜红脸泪双垂。"明府诘其事，乃故苏台韦中丞爱姬所生之女也。亚卿之胤、正卿之侄。曰："妾以昆弟夭丧，无以从人，委身于乐部，耻辱先人。"言讫涕咽，情不能堪。亚相为之吁叹，且曰："吾与韦族，其姻旧矣。"速命更其舞服，饰以袿襦，延与韩夫人相见。夫人，吏部之子。顾其言语清楚，宛有冠盖风仪，抚念如其所媵，遂于宾榻中选士而嫁之也。舒元舆侍郎闻之，自京驰诗赠李公曰："湘江舞罢忽成悲，便脱蛮靴出绛帏。谁是蔡邕琴酒客，魏公怀旧嫁文姬。"李尚书初守庐江，有重系者合当大辟。引谳之时，启鸣曰："某偶斁典章，即从诛戮。然昔于群山，专习一艺，愿于贵人之前试之。"乃曰："长啸也。死而无恨欤！"乃命缓系而听之，清声上彻云汉。公曰："不谓苏门之风，出于赭衣之下。可命鸾鹤同游，可与孙、阮齐躅。去其械梏，蠲其罪乎！"后镇山南，夜闻长笛之音，而浏亮不绝。问是何人吹之也，具云："府狱重囚。"令明日引来。官吏递相尤怨，夜使囚徒为乐，罪累必深。及至，发龙吟之韵，奏出塞之悲，闺思乡情，莫不凄切。公曰："汝之吹竹已得其能。不事农业，可为伶人尔。"卒岁而怜愍之，便令奔去也。夫徐晃持刑，而行阵齐整；慕容贷法，而兵士倾心。宽猛相济，故无不均。前闻于襄阳雕鹗高举，后有李汉南文学推能。于、李之双名，真亚匹也；虽杨、杜之齐勋，未比二侯之奇特者矣。

卷中

葬书生

刘侍郎轲者,韶右人也。幼之罗浮、九疑,读黄老之书,欲轻举之便。又于曹溪探释氏关戒,遂披僧服焉。僧名"溢纳"。北之筠川方山等寺,又居庐岳东林寺,习《南山钞》及《百法论》,咸得宗旨焉。独处一室,数梦一人衣短褐,曰:"我书生也。项因游学,逝此一室。以主寺僧不闻郡邑,乃瘗于牖下,而尸骸跼促,死者从直,何以安也。君能迁葬,必有酬谢。"乃访于缁属,果其然也。寻改窆于虎溪之上,求得一柏函,刘君解所着之衣覆其骸骼。是夜,梦书生来谢。持三鸡子,劝轲立食之,食讫明爽,虽冥寞之道,其不妄言。轲嚼一卵而吞,二者犹豫未食,手握之而觉。后乃精于儒学,而隶文章,因荣名第,历任史馆。欲书梦中之事,不可身为传记。吏部尚书退之,素知焉,曰:"待余馀暇,当为一文赞焉。"韩公左迁,其文竟不成也。刘君之修史时,宰辅得人,藩条有事,朝廷凡有瑕绩,悉欲书之,冀人惕励。拟纵董狐之笔,尤谤必生,匿其功过,又非史职。常暮则沉湎而出。韩公曰:"史官,国之枢机也。其如海纳之醉乎?"云溪子以刘公之居史馆而为两端,夫杜微之聋也,推蜀贤于葛亮;阮籍之醉也,托魏史于王沉。恐危难之逼,假聋醉而混时;遇物从机,即其尚也。昔文王葬枯骨,德王岐周;邹湛瘗甄舒,而名魁岘首;刘君因梦寐而解衣,遂通三学,可谓古人乎! 前者有郑广文虔者,明皇时为文馆,故以广文号焉。编集之外,唯日嗜酒。睹嫔妃之贵,必致邦家之祸乎? 杜工部遗之歌,略曰:"广文到官舍,置马堂阶下。醉则乘马归,颇遭官长骂。""诸公衮衮登台省,广文先生官独冷;诸公往往厌粱肉,广文先生饭不足。""才名四十年,座客寒无毡;近者苏司业,瓛。时时与酒钱。"予以刘磁州之醉,与广文所同,避嫌远害,未为非也。

玉 箫 化

西川韦相公皋，昔游江夏，止于姜使君之馆。姜辅，相国之从兄也。姜氏孺子曰荆宝，已习二经，虽兄呼于韦，恭事之礼，如父叔也。荆宝有小青衣曰玉箫，年才十岁，常令祗候，侍于韦兄，玉箫亦勤于应奉。后二载，姜使君入关求官，而家累不行。韦乃易居，止头陀寺，荆宝亦时遣玉箫往彼应奉。玉箫年稍长大，因而有情。时廉使陈常侍得韦君季父书云："侄皋久客贵州，切望发遣归觐。"廉察启缄，遗以舟楫服用。仍恐淹留，请不相见。泊舟江渚，俾篙工促行。昏暝拭泪，乃书以别荆宝。宝顷刻与玉箫俱来，既悲且喜。宝命青衣从往，韦以违觐日久，不敢俱行，乃固辞之。遂为言约，少则五载，多则七年，取玉箫。因留玉指环一枚，并诗一首。五年既不至，玉箫乃静祷于鹦鹉洲。又逾二年，暨八年春，玉箫叹曰："韦家郎君，一别七年，是不来耳！"遂绝食而殂。姜氏愍其节操，以玉环着于中指，而同殡焉。后韦公镇蜀，到府三日，询鞫狱情，涤其冤滥轻重之系，近三百余人。其中一辈，五器所拘，偷视厅事，私语云："仆射是当时韦兄也。"乃厉声曰："仆射仆射，忆得姜家荆宝否？"韦公曰："深忆之。""即某是也。"公曰："犯何罪而重羁缧？"答曰："某辞违之后，寻以明经及第，再选清城县令。家人误爇廨舍库牌印等。"韦曰："家人之犯，固非己尤。"便与雪冤，仍归墨绶，乃奏眉州牧。敕下，未令赴任，遣人监守，朱绂其荣，留连宾幕。属大军之后，草创事繁，经蕤荚数凋，方谓："玉箫何在？"姜牧曰："仆射维舟之夕，与伊留约，七载是期。逾时不至，乃绝食而殂。"因吟留赠玉环诗云："黄雀衔来已数春，别时难解赠佳人。长吟不见鱼书至，为遣相思梦入秦。"韦公闻之，益增凄叹，广修经像，以报凤心。且想念之怀，无由再会。时有祖山人者，有少翁之术，能令逝者相亲。但令府公斋戒七日，清夜，玉箫乃至，谢曰："承仆射写经，僧佛之力，旬日便当托生。却后十二年，再为侍妾，以谢鸿恩。"临袂微笑曰："丈夫薄情，令人死生隔矣！"后韦公陇右之功，终德宗之代，理蜀不替。是故年深，累迁中书令同平章事。天下向附，泸棘归心。因作生日，节镇所贺,皆贡珍奇。独东川卢八座,送一歌姬,未当破瓜之年,亦以"玉箫"为号。观之,乃真姜氏之玉箫也,而中指有肉环隐出,不异留别之玉环也。京兆公曰:"吾乃知存殁之分,一往一来;玉箫之言,斯可验矣!"议者以韦中书脱布衣不五秋,而拥旄钺,皇朝之盛,罕有其伦。然镇蜀近二纪,云南诸蕃部落,悉遣儒生教其礼乐,易祍归仁,彼我以盐铲货赂,悉无怨焉。后司空林公,弛其规准,别诱言往,复通其盐运而不赡金帛,遂令部落怀贰,猾悍邦君,蝨虱为群,侵逼城垒,俘掠士庶妻子,不啻万人。雍陶先辈感乱后诗曰:"锦城南面遥闻哭,尽是离家别国声。"或谓黜韦帅之功,削成都之爵。且淮阴叛国,名居定难之勋;窦融要君,迹践诸侯之列,盖录其勋而不废其名乎?所让不合教戎濮诗书,致闲兵法,考其衔怨有以,而莫敢斥言。故乃削爵黜功,是为大谬矣。

苗　夫　人

　　张延赏相公,累代台铉,每宴宾客,选子婿莫有入意者。其妻苗氏,太宰苗公晋卿之女也。夫人有才鉴,甚别英锐,特选韦皋秀才,曰:"此人之贵,无与比俦。"既以女妻之,不二三岁,以韦郎性度高廓,不拘小节,张公稍悔之,至不齿礼。一门婢仆渐见轻怠,惟苗氏待之常厚矣。其于众多视之悒怏,而不能制遏也。皋妻张氏,垂泣而言曰:"韦郎七尺之躯,学兼文武,岂有沉滞儿家,为尊卑见诮?良时胜境,何忍虚掷乎?"韦乃遂辞东游,妻馨妆奁赠送。清河公喜其往也,赆以七驴驮物。每之一驿,则附递一驮而还;行经七驿,所送之物尽归之也。其所有者,清河氏所赠妆奁及布囊书册而已。清河公睹之,莫可测也。后权陇右军事,会德宗行幸奉天,在西面之功,独居其上也。圣驾旋复之日,自金吾持节西川,替妻父清河公。乃改易姓名,以"韦"作"韩",以"皋"作"翱",莫敢言之也。至天回驿,去府城三十里,上皇发驾日以为名。有人特报相公曰:"替相公者,金吾韦皋将军,非韩翱也。"苗夫人曰:"若是韦皋,必韦郎也。"张公笑曰:"天下同姓名者何限,彼韦生应已委弃沟壑,岂能乘吾位乎?妇女之言,不足云尔。"初有督妪巫者，每述祸祟，其言多中。乃云："相公当直之神渐减，韦郎拥从之神日增。"皆以妖妄之言，不复再召也。苗夫人又曰："韦郎比虽贫贱，气凌霄汉。每以相公所诮，未尝一言屈媚，因而见尤。成事立功，必此人也！"来早入州，方知不误。张公忧惕，莫敢瞻视，曰："吾不识人。"西门而出。凡是旧时婢仆曾无礼者，悉遭韦公棒杀，投于蜀江，展男子平生之志也。独苗氏夫人，无愧于韦郎，贤哉，贤哉！韦公侍奉外姑，过于布素之时。海内贵门，不敢忽于贫贱东床者乎！所以郭泗滨圆诗曰："宣父从周又适秦，昔贤多少出风尘。当时甚讶张延赏，不识韦皋是贵人。"

思　归　隐

江西韦大夫丹，与东林灵澈上人，鹗忘形之契，篇诗唱和，月居四五焉。序曰："澈公近以《匡庐七咏》见寄，及吟味之，皆丽绝于文圃也。即莲花峰、石镜、虎跑泉、聪明水、白鹿洞、铁船、康王庙为七咏也。此七篇者，俾予益起'归欤'之兴。且芳时胜侣卜游于三二道人，必当攀跻千仞之峰，观九江之水。是时也，飘然而去，不希京口之顾；默尔而游，不假东门之送。天地为一朝，万物任陶铸。夫二林羽翼，松径幽邃，则何必措足于丹霄，驰心于太古矣！偶为《思归》绝句诗一首，以寄上人。法友谭玄，幸先达其深趣矣！"予谓韦亚台归意未坚，果为高僧所诮。历览前代散发海隅者，其几人乎？寄庐山上人澈公诗曰：亚相丹："王事纷纷无暇日，浮生冉冉只如云。已为平子归休计，五老岩前必共君。"澈奉酬诗曰："年老身闲无外事，麻衣草座亦容身。相逢尽道休官去，林下何曾见一人！"

买　山　谶

邕州蔡大夫京者，故令狐相公楚镇滑台之日，因道场见僧中，令京挈瓶钵，彭阳公曰："此童眉目疏秀，进退不慑，惜其单幼，可以劝学乎？"师从之，乃得陪相国子弟。青州尚书绪、丞相绚也。后以进士举上第，乃彭阳令狐公之举也。寻又学究登科，而作尉畿服。既为御史，覆狱淮南，李相公绅忧悸而已。颇得绣衣之称。吴汝南诣阙申冤，蔡君先榜之曰：
"是主上忧国之时，乃臣下无私之日。"谪居澧州，为厉员外玄所辱。稍迁抚州刺
史，常称宇内无人。对僧徒，则非大品之谈；遇道流，则五千言之义；
接儒士，自比端木之贤于仲尼；次论《周易》，则评九圣之谬。来者纵
得相许，有始而无卒焉。谓丁遇秀才等。郡有汝水，为放生池，不与渔罟
之事。忽一人乘小舟钓于此，蔡君张眦，遣吏捕之。钓者乃为诗曰：
"抛却长竿卷却丝，手携蓑笠献新诗。临川太守清如镜，不是渔人下
钓时。"京览诗，乃召之，已去，竟不言其姓字。或有识者，曰："野人张
顶也。"顶字不惑，本姓王氏，隐而不言。蔡牧益自骄矜，作诗以责商山四老，
曰："秦末家家思逐鹿，商山四皓独忘机。如何鬓发霜相似，更出深山
定是非？"及假节邕交，道经湘口，零陵郑太守史，与京同年，远以酒乐
相迟。座有琼枝者，郑君之所爱，而席之最姝。蔡强夺之行，郑莫之
竞也。邕交所为，多如此类，德义者见鄙，终其不佺也。行泊中兴颂
所，地名，在浯溪也。偄勉不前。题篇久之，似有怅怅之意。才到邕南，制
御失律，伏法湘川，权厝于此。二子延、近，号诉苍天，未终丧而俱逝。
论者以妄责四皓，而欲买山于浯溪之间，不徒言哉！诗曰："停桡积水
中，举目孤烟外。借问浯溪人，谁家有山卖？"

吴　门　秀

昔张茂先谓陆机曰："君家兄弟，龙跃云津，顾彦先凤鸣朝阳。谓
东南之宝已尽，不意又见褚生。言褚陶也。"故知吴门之德不孤，川渎之
珍不匮矣。予以宋、齐已降，朱、张、顾、陆，时有奇藻者欤？陆郎中
畅，早耀才名，辇毂不改于乡音。自贺秘书知章、贾相耽、顾著作况，
讥调秦人，至于陆君者矣。贡举之年，和群公对雪，落句云："天人宁
底巧，剪水作花飞。"又《山斋玩月》诗曰："野性平生唯好月，新晴半夜
睹婵娟。起来自擘书窗破，恰漏清光落枕前。"又《经崔谏议玄亮林
亭》曰："蝉噪入云树，风开无主花。"在越，每经游兰亭，高步禹迹、石
帆之绝境，如不系之舟焉。初为西江王大夫仲舒从事，终日长吟，不
亲公牍。府公微言，拂衣而去，辞曰："不可偶为大夫参佐，而妨志业

耶!"王乃固留不已,请举自代,然后登舟,曰:"洿子侄得耳,渠曾数辟不就,畅召必来。"陆洿,员外畅之侄也。而乃采药西山,饮泉潾水。建昌之南也,今新吴。昔许真君铭曰:"有水曰潾,有鱼曰魧,天地昏冥,何以伏藏。"又谓真君淬剑之水,铸锻者多于此水砥砺也。朝客闻之,以为仕隐也,美誉益彰。及登兰省,遇云阳公主下降刘都尉,百僚举为傧相。诗题之者,顷刻而成,其诗亦丽也。《咏帘》诗曰:"劳将素手卷虾须,琼室流光更缀珠。玉漏报来过夜半,可怜潘岳立踟蹰。"《咏行障》诗曰:"碧玉为竿丁字成,鸳鸯绣带短长馨。强遮天上花颜色,不隔云中语笑声。"诏作《催妆》五言诗一首曰:得"花"字。"云安公主贵,出嫁五侯家。天母看调粉,日兄怜赐花。催铺柏子帐,待障七香车。借问妆成未,东方欲晓霞。"内人以陆君吴音,才思敏捷,凡所调戏,应对如流,复以诗嘲之,陆亦酬和,六宫大咍,凡十余篇,嫔娥皆讽诵之。例物之外,别赐宫锦五十段、楞伽瓶及唾盂各一枚,以赏吻翰之端也。内人诗云:"十二层楼倚翠空,凤鸾相对立梧桐。双成走报监门卫,莫使吴歈入汉宫。"此篇或谓内学宋若兰、若昭姊妹所作也,宋考功之孙也。陆君酬曰:"粉面仙郎选圣朝,偶逢秦女学吹箫。须教翡翠闻王母,不奈乌鸢噪鹊桥。"

钱　塘　论

致仕尚书白舍人,初到钱塘,令访牡丹花。独开元寺僧惠澄,近于京师得此花栽,始植于庭,栏圈甚密,他处未之有也。时春景方深,惠澄设油幕以覆其上。牡丹自此东越分而种之也。会徐凝自富春来,未识白公,先题诗曰:"此花南地知难种,惭愧僧闲用意栽。海燕解怜频睥睨,胡蜂未识更徘徊。虚生芍药徒劳妒,羞杀玫瑰不敢开。唯有数苞红萼在,含芳只待舍人来。"白寻到寺看花,乃命徐生同醉而归。时张祜榜舟而至,甚若疏诞。然张、徐二生,未之习隐,各希首荐焉。中舍曰:"二君论文,若廉、白之斗鼠穴,胜负在于一战也。"遂试《长剑倚天外赋》、《余霞散成绮诗》。试讫解送,以凝为元,祜其次耳。张祜诗有"地势遥尊岳,河流侧让关"。多士以陈后主"日月光天德,山河壮帝居"比,徒有前名矣。又祜《题金山寺》诗曰:此寺大江之中。

"树影中流见,钟声两岸闻。"虽綦母潜云:"塔影挂青汉,钟声和白云。"此句未为佳也。祜《观猎》四句及《宫词》,白公曰:"张三作猎诗,以较王右丞,予则未敢优劣也。"王维诗曰:"风劲角弓鸣,将军猎渭城。草枯鹰眼疾,雪尽马蹄轻。忽过新丰戍,还归细柳营。回看失雁处,千里暮云平。"张祜诗曰:"晓出禁城东,分围浅草中。红旗开向日,白马骤临风。背手抽金镞,翻身控角弓。万人齐指处,一雁落寒空。"白公又以《宫词》四句之中,皆数对,何足奇乎?然无徐生云:"今古长如白练飞,一条界破青山色。"徐凝赋曰:"谯周室里,定游夏于丘虔;马守帷中,分《易》《礼》于卢郑。如我明公荐拔,岂唯偏党乎?"张祜曰:"《虞韶》九奏,非瑞马之至音;荆玉三投,伫良工之必鉴。且鸿钟运击,瓦缶雷鸣;荣辱纠绳,复何定分?"祜遂行歌而迈,凝亦鼓枻而归。二生终身偃仰,不随乡赋者矣。先是李补阙林宗、杜殿中牧,与白公挈下较文,具言元、白诗体舛杂,而为清苦者见嗤,因兹有恨也。白为河南尹,李为河南令,道上相遇,尹乃乘马,令则肩舆,似乖趋事之礼。尝谓乐天为"嗫嚅公",闻者皆笑,乐天之名稍减矣。白尹曰:"李直水,_{林宗字也。}吾之猘子也,其锋不可当。"后杜舍人之守秋浦,与张生为诗酒之交,酷吟祜《宫词》,亦知钱塘之岁,自有是非之论,怀不平之色,为诗二首以高之。则曰:"谁人得似张公子,千首诗轻万户侯。"又云:"如何故国三千里,虚唱歌词满六宫。"张君诗曰:"故国三千里,深宫二十年。一声河满子,双泪落君前。"此歌宫娥讽念思乡,而起长门之思也。祜复游甘露寺,观前卢肇先辈题处曰:"不谓三吴,经此诗人也。"祜曰:"日月光先到,山川势尽来。"卢曰:"地从京口断,山到海门回。"因而仰伏,愿交于此士矣。

辞　雍　氏

崔涯者,吴楚之狂生也,与张祜齐名。每题一诗于倡肆,无不诵之于衢路。誉之,则车马继来;毁之,则杯盘失错。嘲妓曰:"谁得苏方木,犹贪玳瑁皮。怀胎十个月,生下昆仑儿。"又:"布袍披袄火烧毡,纸补箜篌麻接弦。更着一双皮屐了,纥梯纥榻出门前。"又嘲李端端："黄昏不语不知行，鼻似烟窗耳似铛。独把象牙梳插鬓，昆仑山上月初生。"端端得此诗，忧心如病，候涯使院饮回，遥见二子蹑屐而行，乃道旁再拜竟灼曰："端端祇候三郎、六郎，伏望哀之。"又重赠一绝句粉饰之，于是大贾居豪，竞臻其户。或戏之曰："李家娘子，才出墨池，便登雪岭。何期一日，黑白不均？"红楼以为倡乐，无不畏其嘲谑也。祐、涯久在维扬，天下晏清，篇词纵逸，贵达钦惮，呼吸风生，畅此时之意也。赠诗曰："觅得黄骝被绣鞍，善和坊里取端端。扬州近日浑成差，一朵能行白牡丹。"杂嘲二首："二年不到宋家东，阿母深居僻巷中。含泪向人羞不语，琵琶弦断倚屏风。""日暮迎来画阁中，百年心事一宵同。寒鸡鼓翼纱窗外，已觉恩情逐晓风。"又悼妓诗曰："赤板桥西小竹篱，槿花还似去年时。淡黄衫子都无也，肠断丁香画雀儿。"崔生之妻雍氏者，乃扬州总效之女也，仪质闲雅，夫妇甚睦。雍族以崔郎甚有诗名，资赡每厚。崔生常于饮食之处，略无裨敬之颜，但呼妻父"雍老"而已。雍久之而不能容，勃然仗剑，呼女而出崔秀才曰："某河朔之人，唯袭弓马。养女合嫁军门，徒慕士流之德。小女违公，不可别醮，便令出家。汝若不从，吾当挥剑！"立令涯妻剃发为尼。涯方悲泣悔过，雍亦不听分疏，亲戚挥恸，别易会难。涯不得已，裁诗留赠。至今江浦离愁，莫不吟讽是诗而惜别也。诗曰："陇上流泉陇下分，断肠呜咽不堪闻。姮娥一日宫中去，巫峡千秋空白云。"

李　右　座

李相公林甫，当开元之际，与巷陌交通，权等人主。天下之能名，须出其门也；如不称意者，必遭窜逐之祸。虽杨国忠之盛，未得伴焉。其姬爱之众，皆不胜其珠翠。尝赐宫娥二人，一者潜归私家，经旬方还，相公亦乃不知。其荣显谓之右座相公，轩盖诸侯，见者如履冰谷。举子尉迟匡，幽并耿概之士也，以频年不第，投书于右座，皆击刺之说。匡有《暮行潼关》之作，云："明日飞出海，黄河流上天。"又《观内人楼上踏歌》曰："芙蓉初出水，桃李忽无言。"又《塞上曲》云："夜夜月为青冢镜，年年雪作黑山花。"相公鉴此句曰："得非才子乎？若使匡伏恨衔冤，不假陶铸之力，则从四夷八蛮，分为左衽矣！岂为进人乎？岂为贤相乎？"及得相见，右座曰："有一萧颖士，既叨科第，轻时纵酒，不遵名教。尝忤吏部王尚书丘，然以文识该通，孰为其敌，君子不遗其言，几至鞭扑。子之诗篇，幸未方于颖士，且吾之名，复异于王公，言王吏部。重欲相干，三思可矣。"匡知右座见怒，惶怖而趋出。恓屑无依，退归林墅。罢宁戚之高歌，效约成之独乐。登山临水，劳灼灼之音焉。且李君之为辅翊，妒贤害能，太平之基，因而覆𫗦也。昔重华登用，进二八于明君；姬旦为相，述四人于少主。故行流殛之刑，成吐握之美，乃帝子之股肱，万方之轨度也。若李丞相，恣行残贼，不慕姚、姬，卒罹其殃，乃其宜矣。

衡　阳　遁

徐侍郎安贞，久居中书省。常参李右丞议，恐其罪累，乃逃隐衡山岳寺，为东林掇蔬行者，而喑哑不言者数年。后值修建佛殿，僧中选善书者题其梁，已二三人矣，而徐行者跨过。掌事怒，以杖连击其背。行者乃画地曰："某口虽不言，昔年曾学大书也，乞试之。"及试，乃题数行，群僧皆悦服，因遣尽书之。时李北海邕，游岳过寺，观其题处曰："不知徐公在此。"乃召至，握手而言曰："朝列于公，已息论矣。"遂解其布褐，饰以簪裳。僧尝杖击者，潜匿无地。徐谓邕曰："吾恐逢非罪，遁迹深山。凡庸僧辈，安能识我？汝无疑也。"江夏公因戏之云："徐郎曾吟：'岘山思驻马，汉水忆回舟。'又：'暮雨夜犹湿，春风帆正开。'"徐曰："喑哑之日，时亦默而诵之。"二联乃安贞佳句也。因同载北归，止潭州，察使水亭相迓。徐侍郎指李北海呼曰："行者潇湘逢故人，得随归客，止乎汀洲之娱，若幽谷之睹太阳者矣。不然委顿岩谷，卒于寺隶也。"

三　乡　略

云溪子素闻"三乡"之咏，怅然未明其所自也。洎得吴郡陆君贞洞，或纪其年代而不知者矣。用序乎，然群书有无名氏，乐府集无名诗。今简陆君之意，诗序亦云姓字隐而不书。夫序者，述作之本意，编其旧序，是诗继和者，多不能遍录，略举十余篇以次之。无名序曰："余本若耶溪东，与同志者二三，纫兰佩蕙，每贪幽闲之境，玩花光于松月之亭，竟昼绵宵，往往忘倦。泊乎初笄，至于五换星霜矣。自后不得已，从良人西入函关，寓居晋昌里第。其居也，门绝嚣尘，花木丛翠。东西邻二佛宫，皆上国胜游之最。伺其闲寂，因游览焉，亦不辜一时之风月也。不意良人已矣，邈然无依。帝里芳春，吊影东迈。涉浐水，历渭川，背终南，陟太华，经虢略，抵陕郊，挹嘉祥之清流，面女几之苍翠。凡经过之所，皆曩昔谑笑之地，绸缪之所。衔冤加叹，举目魂销。虽残骸尚存，而精爽都失。假使潘岳复生，无以悼其幽思也。遂命笔聊题，终不能涤其怀抱，绝笔恸哭而去。以翰墨非妇人女子之事，名字是故隐而不书。时会昌壬戌岁仲春十九日。"又赋诗曰："昔逐良人西入关，良人身殁妾空还。谢娘卫女不相待，为雨为云过此山。"和诗十一首。进士陆贞洞："惆怅残花怨暮春，孤鸾舞镜倍伤神。清词好个干人事，疑是文姬第二身。"同前王祝："女几山前岚气低，佳人留恨此中题。不知云雨归何处，空使王孙见即迷。"刘谷："兰蕙芬芳见玉姿，路旁花笑景迟迟。苎萝山下无穷意，并在三乡惜别时。"王条："浣沙游女出关东，旧迹新词一梦中。槐陌柳亭何限事，年年回首向春风。"李昌邺："红粉萧娘手自题，分明幽怨发云闺。不应更学文君去，泣向残花归剡溪。"王硕："无姓无名越水滨，芳词空怨路旁人。莫教才子偏惆怅，宋玉东家是旧邻。"李缟："会稽王谢两风流，王子沉沦谢女愁。归思若随文字在，路旁空为感千秋。"张绮："洛川依旧好风光，莲帐无因见女郎。云雨散来音信断，此生遗恨寄三乡。"高衢："南北千山与万山，轩车谁不思乡关。独留芳翰悲前迹，陌上恐伤桃李颜。"韦冰："来时欢笑去时哀，家国迢迢向越台。待写百年幽思尽，故宫流水莫相催。"五言复睹三乡题处，留赠贾驰："壁古字未灭，声长响不绝。蕙质本如云，松心应耐雪。耿耿离幽谷，悠悠望瓯越。杞妇哭夫时，城崩无此说。"

狂 巫 讪

太仆韦卿觐,欲求夏州节度使。有巫者知其所希,忽诣韦门曰:"某善祷祝星神,凡求官职者,必能应之。"韦卿不知其诳诈,令择日。夜深,于中庭备酒果香灯等,巫者乘醉而至,请韦卿自书官阶一道,虔启于醮席。既得手书官衔,仰天大叫曰:"韦觐有异志,令我祭天!"韦公合族拜乞之:"山人无以此言,百口之幸也。"凡所玩用财物,悉与之。时湖上崔大夫俣,充京尹,有府囚叛狱,谓巫者是其一辈。里胥诘其衣装忽异,巫情窘,乃云:"太仆韦觐,曾令我祭天。我欲陈告,而以家财求我,非窃盗也。"既当申奏,宣宗皇帝召觐至其殿前,获明冤状,复召宰臣,诏曰:"韦觐,城南上族,轩盖承家。昨为求官,遂招诬谤。无令酷吏加之罪。"惩其师诬诳,便付京兆处死讫申。韦则量事受责,门下议贬潘州司马。云溪子曰:"昔晋献因骊姬之谮,申生不终孝道;汉武信江充之佞,太子以至捐躯。事莫争于当时,仁必伤于旧史。我宣宗文武光孝皇帝,亲综万机,恩覃九裔,可以农轩比德,舜禹同规。测韦氏之深冤,获全家之盛族,虽之岭隅,亦其幸也。"察院李公明远诗:"北鸟飞不到,南人谁去游。天涯浮瘴水,岭外向潘州。草木春秋暮,猿猱日夜愁。定知迁客泪,应只对君流。"

彰 术 士

昔许负谓薄姬必贵,何颙谓曹瞒必杰,是挟天子而号令诸侯。其言所验,编于简牍。夫艺术于时者,不可不申扬赞。浙东李尚书褒,闻婺女二人,有异术,曰娄千宝、吕元芳。发使召至。既到,李公便令止从事家。从事问曰:"府主八座,更作何官?"元芳对曰:"适见尚书,但前浙东观察使,恐无别拜。"千宝所述亦尔。从事默然罢问。及再见李公,李公曰:"仆他日何如?"二术士曰:"稽山辣翠,湖柳垂阴。尚书画鹢百艘,正堪游观。昔人所谓:人生一世,若轻尘之著草,何论异日之荣悴? 荣悴定分,莫敢面陈。"因问幕下诸公,元芳曰:"崔副使刍言、李推官正范,器度相似,但作省郎,止于郡守。团练李判官服古,自此大醉不过数场,何论官矣。观察判官任毂,止于小谏,不换朱衣。杨损支使评事,虽骨体清瘦,幕中诸宾福寿皆不如。卢判官纁,虽即状貌光泽,若比团练李判官,在世日月稍久,寿亦不如副使,与杨、李三人禄秩区分矣。"二术士所言,咸未之信,无以证焉。是后李服古不过五日而逝,诚大醉不过数场也。李尚书及诸从事验其所说,敬之如神。时罗郎中绍权赴任明州,窦弘馀少卿^常之子也。赴台州,李公于席上问台、明二使君如何。娄千宝曰:"窦使君必当再醉望海亭;罗使君此去便应求道四明山,不游尘世矣。"窦少卿罢郡,再之府庭,是重醉也。罗郎中迁于海岛,故以学道为名,知其不还也。李尚书归义兴,未几薨变,是无他拜。卢纁判官校理,明年逝于宛陵使幕。比李服古判官稍久矣,为少年也。任毂判官才为补阙,休官归圃,是不至朱紫也。崔刍言郎中止于吴兴郡,李正范郎中止于九江郡,二侯皆自南宫,止于名郡,是乃禄秩相参。独杨损尚书,三十年来,两为给事,再任京尹、防御三峰、青州节度使,年逾耳顺,官历藩垣,浙东同院诸公,福寿悉不如也。皆依娄、吕二生所说焉。又杜胜给事在杭州之日,问娄千宝曰:"胜为宰相之事何如?"曰:"如筮得《震》卦,有声而无形也。^{《周易》卜得《震》卦,如闻雷不见其形,凡事皆不成遂也。}当此之时,或阴人之所谮也。若领大镇,必忧悒成疾,可以修禳乎!"后杜公为度支侍郎,有直上之望,草麻待宣,府吏已上,于杜公门构板屋,将布沙堤,忽有东门骠骑,奏以小疵,而承旨以蒋伸侍郎拜相,杜出镇天平,忧悒不乐,失其大望也。乃叹曰:"金华娄山人之言,果应矣!"欲令招千宝、元芳,又曰:"娄、吕二生,孤云野鹤,不知栖宿何处。"杜尚书寻亦薨于郓州。钟离侑少詹,昔岁闲居东越,睹斯异术,每求之二生,不可得也。云溪子曰:自童骇之年知之,方敢备录。

云　中　命

明皇幸岷山,百官皆窜辱,积尸满中原,士族随车驾也。伶官:张野狐觱栗、雷海清琵琶、李龟年唱歌、公孙大娘舞剑。初,上自击羯鼓,而不好弹琴,言其不俊也。又宁王吹箫,薛王弹琵琶,皆至精妙,共为乐焉。唯李龟年奔迫江潭,杜甫以诗赠之曰:"岐王宅里寻常见,崔九堂前几度闻。正值江南好风景,落花时节又逢君。"龟年曾于湘中采访使筵上唱:"红豆生南国,秋来发几枝。赠君多采撷,此物最相思。"又:"清风朗月苦相思,荡子从戎十载余。征人去日殷勤嘱,归雁来时数附书。"此词皆王右丞所制,至今梨园唱焉。歌阕,合座莫不望行幸而惨然。龟年唱罢,忽闷绝仆地,以左耳微暖,妻子未忍殡殓。经四日乃苏,曰:"我遇二妃,令教侍女兰苕唱袯禊毕,放还。"且言主人即复长安,而有中兴之主也。谓龟年:"有何忧乎?"后李校书群玉,既解天禄之任,而归澧阳。经湘中,乘舟题二妃庙诗二首,曰:"小孤洲北浦云边,二女明妆共俨然。野庙向江空寂寂,古碑无字草芊芊。东风近暮吹芳芷,落日深山哭杜鹃。犹似含嚬望巡狩,九疑如黛隔湘川。"又:"黄陵庙前莎草春,黄陵女儿茜裙新。轻舟小楫唱歌去,水远山长愁杀人。"后又题曰:"黄陵庙前春已空,子规滴血啼松风。不知精爽落何处,疑是行云秋色中。"李君自以第三篇"春空"便到"秋色",踟蹰欲改之。乃有二女郎见曰:"儿是娥皇、女英也。二年后,当与郎君为云雨之游。"李君乃悉具所陈,俄而影灭,遂掌其神塑而去。重涉湖岭,至于浔阳。浔阳太守段成式郎中,素为诗酒之交,具述此事。段公因戏之曰:"不知足下是虞舜之辟阳侯也!"群玉题诗后二年,乃逝于洪井。段乃为诗,哭李四校书也:"酒里诗中三十年,纵横唐突世喧喧。明时不作祢衡死,傲尽公卿归九泉。"又曰:"曾话黄陵事,今为白日催。老无男女累,谁哭到泉台?"

谭　生　刺

真娘者,吴国之佳人也。时人比于苏小小,死葬吴宫之侧。行客感其华丽,竞为诗题于墓树,栉比鳞臻。有举子谭铢者,吴门秀逸之士也,因书绝句以贻后之来者。睹其题处,经游之者稍息笔矣。诗曰:"武丘山下冢累累,松柏萧条尽可悲。何事世人偏重色,真娘墓上独题诗。"

弘　农　怨

东川处士柳全节，习百家之言，衣华阳鹤氅，或呼为"柳尊师"，又曰"柳百经"也。有子棠，应进士举，才思优赡，见者奇之。庞严舍人眷昈诸歌姬，方戏于阶，问："墙头何人也？"曰："柳秀才也。"遽命姬者饰妆，召柳秀才对观之。庞公曰："恐墙上远见不得分明。"因请细而观瞩。棠深耻之，不辞而去。时裴谏议休相公，因封事出汉州，即棠旧知也。闻棠来，且喜；及再谒，则蓝衫木简而已。裴公问其故，对曰："名场孤寒，虚掷光景。欲求斗粟之养，以成子道焉。"有宴，召冯戢、胡据、柳棠三举士。裴公于棠名下注曰："此柳秀才，已于盐铁求事，不用屈私。"令棠见之，盖惜其举子也。柳棠之欲罢举者，为庞门之有失矣。乃弃蓝袍而归旧服。非时请见司谏，司谏慨然谓曰："子年方少，篇翰如流，不可骥垂长坂，兰谢深林。况今急士之秋，必能首送。"兼与荐书。开成二年，上第。后归东川，历旬，但于狭斜旧游之处，不谒府主杨尚书汝士。杨公谓诸宾曰："每见报前柳棠秀才多于妓家饮酒，或三更至暮，竟未相访。社日必相召焉。"及召棠至，已在醉乡矣。斟三器酒，内一巨鱼杯，棠不即饮。杨公乃诮曰："文章谩道能吞凤，杯酒何曾解吃鱼。今日梓州张社会，应须遭这老尚书。"棠答曰："未向燕台逢厚礼，幸因社会接余欢。一鱼吃了终无恨，鲲化成鹏也不难。"初，棠与冯戢争先，棠所颉颃；及第后，戢与诗曰："桃花浪里成龙去，竹叶山头退鹢飞。"棠、戢为友甚善焉。柳每于东川席上，狂纵日甚，干忤杨公，诗曰："莫言名位未相俦，风月何曾阻献酬？前辈不须轻后辈，靖安今日在衡州。"靖安，李宗闵尚书，与杨公中外昆弟，况有朗陵之分。东川益怒，为书让其座主高锴侍郎曰："柳棠者，凶悖嚚竖，识者恶之。狡过仲容，才非犬子。且膺门之贵，岂宜有此生乎？"小宗伯曰："某滥司文柄，以副悬旄，夙夜兢惶，恐招讪谤。是以搜求俊彦，冀辅聪明，不敢蔽才，与棠及第。"东川又书曰："昔周公挞伯禽，以戒成王也；昌邑杀王式，<small>式，昌邑之师也。</small>而怨霍光乎？岂不由师傅之情尔？兴亡之道，孔子先推德行，然后文学焉。吾师垂训，千古不易。前书云‘不敢蔽才’，何必一柳棠矣？若以篇章取之，宁失于何植、王条也？”高公又复书曰：“唐尧之圣也，不致丹朱之贤；宣尼之明也，不免仲由之害。如其可化，安有坠典？伊祁九子，尽可等于黄、唐；门人三千，悉能继于颜、闵。若棠者，自求瑕玷，难以磨灭。其所忭黩尊威，亦予谬举之过也。”棠闻二公交让，不任忧惕，又不敢远申卑谢，遂之剑州王使君。使君者，善画松竹狗兔，以十五侯而四郡守。棠至，联夕而饮。王君辞曰：“某以衰朽，恐乖去就。小男忝趋文场，不知许容侍座否？老夫暂归憩歇焉。”王氏之子洎醉，轻易之甚。棠呵之曰：“公称举人，与棠分有前后。画师之子，安得无礼于先辈乎？”王氏乃自去其道服，空戴黄葛巾，谓棠曰：“我大似贤尊，尊师幸不喧酗耳！”棠转益怒，叱咤而散。柳生虽登科第，始参越巂军事，而夭丧。且渤海高公，三榜一百二十人，多平人得路。若柳棠者，诚累恩门举主。善乎裴公曰：“人不易知乎？”

贤　君　鉴

唐宣宗十二年，前进士陈玩等三人，应博学宏词选。所司考定名第，及诗、赋、论进呈讫，上于延英殿，诏中书舍人李潘等对。上曰：“凡考试之中，重用字如何？”中书对曰：“赋即偏枯丛杂，论即褒贬是非，诗即缘题落韵。只如《白云起封中》诗云“封中白云起”是也。其间重用文字，乃是庶几，亦非常有例也。”又曰：“孰诗重用字？”对曰：“钱起《湘灵鼓瑟诗》有二不字。诗曰：‘善抚云和瑟，常闻帝子灵。冯夷空自舞，楚客不堪听。逸韵谐金石，清音发杳冥。苍梧来怨慕，白芷动芳馨。流水传湘浦，悲风过洞庭。曲终人不见，江上数峰青。’”上鉴钱公此年宏词诗，曰：“且一种重用文字，此诗似不及起。起则今之协律之字也。合于匏革宫商，即变郑卫文奏。惟谢朓云：‘洞庭张乐地，潇湘帝子游。云去苍梧野，水还江汉流。’此若比《鼓瑟》一篇，摛藻妍华，无以加。其前进宏词诗重字者，登科更待明年，考校起诗，便付吏选。”

澧 阳 谦

　　故荆州杜司空悰，自忠武军节度使出澧阳。宏词李宣古者李生，会昌三年王起侍郎下上第。数陪游宴，每谑戏于其座：或以铅粉傅其面，或以轻绡为其衣。侮慢既深，杜公不能容忍，使卧宣古于泥中，欲辱之楇楚也。长林公主闻之，不待穿履，奔出而救之，曰："尚书不念诸子学，又拟陪李秀才砚席。岂有饮筵，而举人细过？待士如此，异时那得平阳之誉乎？"遂遣人扶起李秀才，于东院以香水沐浴，更以新衣，却赴中座。贵主传旨京兆公，请为诗，冀弥缝也。李生得韵书之，不劳思忖也。诗曰：得"高"字。"红灯初上月轮高，照见堂前万朵桃。觱栗调清银字管，琵琶声亮紫檀槽。能歌姹女颜如玉，解饮萧郎眼似刀。争奈夜深抛耍令，舞来按去使人劳。"杜公赏诗，贶物十箱，希无愧于一醉也。后二子裔休、孺休，皆以进士登科。人谓之曰："非其母贤，不成其子。"时澧州宴席酒纠崔云娘者，形貌瘦瘠，而戏调罚于众宾，兼恃歌声，自以为郢人之妙也。李生乃当筵一咏，遂至钳口。又杜牧侍郎罢宣城幕，经陕圻，有录事肥而且巨，敏其言词，牧为诗以挫焉。复州陆巖梦《桂州筵上赠胡子女》一诗，至今欢狎之所，辞吟之篇，无不低颜变色也。《赠崔云娘》，李宣古："何事最堪悲？雪娘只首奇。瘦拳抛令急，长嘴出歌迟。只怕肩侵鬓，唯愁骨透皮。不须当户立，头上有钟馗。"《赠肥录事》，杜紫微："盘古当时有远孙，尚令今日逞家门。一车白土将泥项，十幅红旗补破裈。瓦官寺里逢行迹，华岳山前见掌痕。不须啼哭愁难嫁，待与将书报乐坤。"陆君《赠胡子女》："自道风流不可攀，那堪蹙頞更頳颜。眼睛深却湘江水，鼻孔高于华岳山。舞态固难居掌上，歌声应不绕梁间。孟阳死后欲千载，犹有佳人觅往还。"

白 马 吟

　　平曾以凭人傲物，多犯讳忌，竟没于县曹，知己叹其运蹇也。薛平仆射出镇浙西,投谒,主礼稍薄,曾留诗以讽之曰:"梯山航海几崎岖,来谒金陵薛大夫。髭发竖时趋剑戟,衣冠俨处拜冰壶。诚知两轴非珠玉,深愧三缣恤旅途。今日楚江风正好,不须回首望勾吴。"薛闻之,曾将出境,遣吏追还,縻留数日。又献《縶白马诗》曰:"白马披鬃练一团,今朝被绊欲行难。云中放去空寻迹,月下牵来只见鞍。向北长鸣天外远,临风斜控耳边寒。自知毛骨还应异,更请孙阳子细看。"河东公睹诗曰:"若不留绊行轩,那得观其毛骨?"遂以殊礼相待,厚送筐箧饯行。曾后游蜀川,谒少师李固言相公。在成都宾馆,则李珪郎中、郭圆员外、陈会端公、袁不约侍郎、来择书记、薛重评事,皆远从公,可谓莲幕之盛矣。曾每与诸公评论,则言笑弥日;侍于相公,则轻佻无所畏忕。遂献《雪山赋》一首,言:"雪山虽兹洁白之状,叠障攒峰,夏日清寒,而无草木华茂,为人采掇。"以李公罕作文章,废其庠序也。相公读赋,命推出曾。曾不逾句,又献《鳜鮠鱼赋》,言:"此鱼触物而怒,翻身上波,为鸩鸢所获,奈魴鮂之何?"相公览赋而笑曰:"昔赵元淑之狂简,袁彦伯之机捷,无以过焉。"然爱其文彩,投赘者无以出于曾,曾有过忤,不至深罪矣。乃知相公之用心乎!又作《潼关赋》而刺中朝:"此关倚太华,瞰黄河,虽来往攸同,而叹有异也。"乃与贾岛齐谴,为时所忽,至于潦倒,诚可惜哉!后温庭筠为赋,亦警刺,少类于平、贾,而谪方城,乃诗曰:"侯印不能封李广,别人丘陇似天山。"举子纪唐夫有诗送之。时,温庭筠作尉,纪唐夫得名,盖因文而致也。诗曰:"何事明时泣玉频,长安不见杏园春。凤凰诏下虽沾命,《鹦鹉》才高却累身。且饮绿醽消积恨,莫言黄绶拂行尘。方城若比长沙远,犹隔千山与万津。"

中　山　诲

襄阳牛相公赴举之秋,每为同袍见忽。及至升超,诸公悉不如也。尝投赘于刘补阙禹锡,对客展卷,飞笔涂窜其文,且曰:"必先辈未期至矣!"然拜谢砻砺,终为怏怏。历廿余岁,刘转汝州,陇西公镇汉南,枉道驻旌旆。信宿,酒酣,直笔以诗喻之。刘公承诗意,方悟往年改张牛公文卷,因诫子弟咸元、承雍等曰:"吾立成人之志,岂料为非。况汉上尚书,高识达量,罕有其比。昔主父偃家为孙弘所夷,稽叔夜身死钟会之口。是以魏武诫其子云:'吾大忿怒、小过失,慎勿学焉。'汝辈修进守忠为上也。"《席上赠汝州刘中丞》,襄州节度牛僧孺诗曰:"粉署为郎四十春,今来名辈更无人。休论世上升沉事,且斗樽前见在身。珠玉会应成咳唾,山川犹觉露精神。莫嫌恃酒轻言语,曾把文章谒后尘。"《奉和牛尚书》,汝州刺史刘禹锡:"昔年曾忝汉朝臣,晚岁空余老病身。初见相如成赋日,后为丞相扫门人。追思往事咨嗟久,幸喜清光语笑频。犹有当时旧冠剑,待公三日拂埃尘。"牛公吟和诗,前意稍解,曰:"三日之事,何敢当焉!"宰相三朝后主印,所以升降百司也。于是移宴竟夕,方整前驱也。中山公谓诸宾友曰:"予昔与权丞相德舆庾词,同舍郎莫之会也;"庾词",隐语,时人罕知。与韩退之愈优劣人物,而浙袁给事同肩;与李表臣程突梯而侮李兵部绅;与柳子厚宗元评修国史,而薄侍郎衮;与吕光化论制诰,而鄙席舍人蒉。余二十八年在外,五为刺史,言遵道路知苏杭五郡。而不复亲台省。以此将知清途隔绝,其自取乎! 或有淡薄相於、缄翰莽卤者,每吟张博士籍诗云:'新酒欲开期好客,朝衣暂脱见闲身。'对花木则吟王右丞诗云:'兴阑啼鸟换,坐久落花多。'则幽居之趣少安乎? 余友稀旧人,名为异代,近日为文,都不惬。洛中白二十居易苦好余《秋水咏》曰:'东屯沧海阔,南壤洞庭宽。'又《石头城下作》云:'山连故国周遭在,潮打空城寂寞回。'余自知不及苏州韦十九郎中应物诗曰:'春潮带雨晚来急,野渡无人舟自横。'尝过洞庭,虽为一篇,静思杜员外甫落句云:'年去年来洞庭上,白蘋愁杀白头人。'鄙夫之言,有愧于杜公也。杨危卿校书《过华山》诗曰:'河势昆仑远,山形菡萏秋。'此句实为佳对。又皇甫博士湜《鹤处鸡群赋》云:'若李君之在胡,但见异类;如屈原之相楚,唯我独醒。'然二君矜衒,俱为朝野之绝伦。余亦昔时直气,难以为制,因作一口号,赠歌人米嘉荣曰:'唱得《梁州》意外声,旧人唯有米嘉荣。近来年少轻前辈,好染髭须事后生。'夫人游尊贵之门,常须慎酒。昔赴吴台,扬州大司马杜公鸿渐为余开宴。沉醉归驿亭,似醒见二女子在旁,惊非我有也,乃曰:‘郎中席上与司空诗,特令二乐伎侍寝。’且醉中之作,都不记忆。明旦,修状启陈谢,杜公亦优容之,何施面目也。余郎署州牧,轻忤三司,岂不难也。诗曰:‘高髻云鬟宫样妆,春风一曲杜韦娘。司空见惯寻常事,断尽苏州刺史肠。’”中山刘公后以^{太子校书尚书令呼刘为州牧也。}曰:“顷在夔州,少逢宾客。纵有停舟相访,不可久留。而独吟曰:‘巴人泪逐猿声落,蜀客舟从鸟道来。’”忽得京洛故人书题,对之零涕,又曰:“浮生谁至百年,倏尔衰暮,富贵穷愁,实其常分,胡为嗟惋焉!”

赞　皇　勋_{朱涯太尉之封也。}

石雄仆射,初与康诜同为徐州王侍中智兴首校。王公忌二人骁勇,奏守本官。雄则许州司马也,寻授石州刺史。有李弘约者,以石使君许下之日,曾负弘约资货,累自窘索,后诣石州求其本物。既入石州境,弘约迟疑,恐石君怒。遇里有神祠祈飨,皆谓其灵。弘约乃号启于神之祝,父子俱称神下,索纸笔,命弘约书之。约又不识文字,求得村童口占之,曰:“石使君此去,当有重臣抽擢而立武功,合为河阳、凤翔节度,复有一官失望。所以此事须阕密,不得异耳闻之。”弘约以巫祝之言,先白石君。石君相见甚悦。寻潞州刘从谏背叛,朝庭议欲讨伐。赞皇时为上宰,而用于石雄,雄奋武夺得天井关。后共刘振又破黑山诸蕃部落,走南单于,迎公主归国,皆雄之展效也。然是鹰犬之功,非良宰不能驱驰者。及李公以太子少保分洛,石仆射诣中书论官,曰:“雄立天井关及黑山之功,以两地之劳,更希一镇养老。”相府曰:“仆射潞州之功,国家以酬河阳节度使;西塞之绩,又拜凤翔,在两镇之重,岂不为酬赏也?”石乃复为左右统军,不惬其望,悉如巫者之言焉。太尉相公洎谪潮州,有客复陈石仆射神祠之验,明其盛衰有数,稍抑其噎郁乎。《再贬朱崖道中诗》曰:“十年紫殿掌洪钧,出入三朝一品身。文帝宠深陪雉尾,武皇恩重宴龙津。黑山永破和亲虏,乌岭全坑跋扈臣。自是功高临尽处,祸来名灭不由人。”又《登崖州城楼》曰:“独上高楼望帝京,鸟飞犹是半年程。青山欲似留人住,百匝千遭绕郡城。"先是，韦相公执谊得罪，薨变于此，今朱崖有韦公山。柳宗元员外与韦丞相有龆年之好，三致书与广州赵尚书宗儒相公，劝表雪韦公之罪，始诏归葬京兆，至今山名不革矣。赞皇感其远谪不还，为文祭曰："维大中年月日，赵郡李德裕，谨以蔬醴之奠，敬祭于故相国韦公仆射之灵。呜呼！皇道咸宁，藉乎贤相；德迈皋陶，功宣吕尚。文学世推，智谋神贶。一遭谗嫉，远投荒障。地虽厚兮不察，天其高兮不谅。野掇涧蓣，思违秬鬯。信成祸深，业崇身丧。某亦窜迹南陬，从公旧丘。永泯轩裳之愿，长为猿鹤之愁。嘻吁绝域，瘴疠西周。俔知公者，测公非罪；不知我者，谓我何求。其心若水，其死若休。临风敬吊，愿与神游。呜呼！"云云。或问赞皇公之秉钧衡也，毁誉如之何？削祸乱之阶，辟孤寒之路；好奇而不奢，好学而不倦；勋业素高，瑕疵不顾。是以结怨豪门，取尤群彦。光福王起侍郎，自长庆三年知举，后二十一岁，复为仆射，武皇朝犹主国。凡有亲戚在朝者，不得应举，远人得路，皆相贺庆而已。后之文场困辱者，若周人之思乡焉，皆曰："八百孤寒齐下泪，一时回首望崖州。"

南　黔　南

南中丞卓，吴楚游学十余年，衣布缕，乘牝卫，薄游上蔡。蔡牧待之似厚，而为客吏难阻。每宴集，令召，则云："南秀才自以衣冠不整，称疾不赴。"南生羁旅穷愁，似无容足之地。唯城南鬻饭老姬，待之无厌色。后十七年，为蔡牧，到郡乃曰："古人一饭之恩必报，眦睚之怨必酬。吾虽位微，幸当斯日也。"遂戮仇吏，而奠饭姬焉。转黔南经略使，大更风俗。凡是溪坞，呼吸文字，皆同秦汉之音，甚有声光。先柳子厚在柳州，吕衡州温嘲谑之曰："柳州柳刺史，种柳柳江边。柳馆依然在，千株柳拂天。"至南公至黔南，又以故人嘲曰："黔南南太守，南郡在云南。闲向南亭醉，南风变俗谈。"撰《驳史》三十卷，与马史殊贯，班书小异，三国二晋已下之文，多被攻难。每于朝野权论，莫能屈之者乎！唯吴武陵郎中、刘轲侍御，俱服其才识也。初为拾遗，与崔詹事黯，因谏诤出宰。崔为枝江令，南为松滋令。二谏垣墙，矫翼翩翩,无所羁束。双名并扇,二邑妥然。公府常为高榻相待,南公犹赠副戎等诗曰:"翱翔曾在玉京天,堕落江南路几千。从事不须轻县宰,满身犹带御炉烟。"

卷下

和 戎 讽

宪宗皇帝朝,以北狄频侵边境,大臣奏议,古者和亲之有五利,而曰无千金之费。上曰:"比闻有一卿能为诗,而姓氏稍僻,是谁?"宰相对曰:"恐是包子虚、冷朝阳。"皆不是也。上遂吟曰:"山上青松陌上尘,云泥岂合得相亲? 世路尽嫌良马瘦,唯君不弃卧龙贫。千金未必能移姓,一诺从来许杀身。莫道书生无感激,寸心还是报恩人。"侍臣对曰:"此是戎昱诗也。京兆尹李銮拟以女嫁昱,令改其姓,昱固辞焉。"上悦曰:"朕又记得《咏史》一篇,此人若在,便与朗州刺史。武陵桃源,足称诗人之兴咏。"圣旨如此稠叠,士林之荣也。其《咏史诗》云:"汉家青史内,计拙是和亲。社稷依明主,安危托妇人。岂能将玉貌,便欲静胡尘。地下千年骨,谁为辅佐臣?"上笑曰:"魏绛之功,何其懦也?"大臣公卿,遂息和戎之论矣。文宗、武宗之代,举子亦有斯咏,果毅者佳焉。有项斯者,作《长安退将诗》曰:"塞外冲沙损眼明,归来养疾卧秦城。上高楼阁看星座,着白衣裳把剑行。常说老身思斗将,最怜无事削蕃营。翠蛾红脸和回鹘,惆怅中原不用兵。"苏郁曰:"关月夜悬青冢镜,塞云秋薄汉宫罗。君王莫信和亲策,生得胡雏转更多。"

去 山 泰

宋言端公,近十举,而名未播。大中十一年,将取府解。言本名狱,因昼寝,似有人报云:"宋二郎秀才,若头上戴山,无因成名。但去其山,自当通泰。"觉来便思去之,不可名"狱",遂去二"犬",乃改为"言"。及就府试,冯涯侍郎作掾而为试官,以解首送言也。时京兆尹张大夫毅夫，以冯参军解送举人有私，奏谴澧州司户。再试，退解头宋言为第六十五人。知闻来唁，宋曰："来春之事，甘已参差。"李潘舍人放榜，以言为第四人及第。言感恩最深，而为望外也。乃服冯涯知人，寻亦获雪。

因　嫌　进

安邑李相公吉甫，初自省郎为信州刺史。时吴武陵郎中，贵溪人也，将欲赴举，以哀情告于州牧，而遗五布三帛矣。吴以轻鲜，以书让焉。其词唐突，不存桑梓之分，乃非其礼。正郎微诮焉。赞皇母氏谏曰："小儿方求成人，何得与举子相忤？"遂与米二百斛。赵郡果为宰辅，竟其憾焉。元和二年，崔侍郎邠重知贡举，酷搜江湖之士。初春将放二十七人及第，潜持名来呈相府，才见首座李公。公问："吴武陵及第否？"主司恐是旧知，遽言："吴武陵及第也。"其榜尚在怀袖，忽报中使宣口敕，且揖礼部从容，遂注武陵姓字，呈上李公。公谓曰："吴武陵至是粗人，何以当其科第？"礼部曰："吴武陵德行虽即未闻，文笔乃堪采录。名已上榜，不可却焉。"相府不能因私讪士，唯唯而从。吴君不附国庠，名第在于榜末。是日既集省门试，谓同年曰："不期崔侍郎今年倒挂榜也。"观者皆讶焉。

讯　岳　灵

乐坤员外，素名冲，出入文场多蹇。元和十二年，而起归耕之思。乃辞知己东迈，夜祷华岳庙。虔心启祝："愿知升黜之分，止此一宵。如可求名者，则重适关城，如不可，则无由再窥仙掌矣。"中夜忽寐，一青绶人检簿书报云："来年有乐坤及第，坤名已到冥簿，不见乐冲也。"冲遂改为坤。果如其说。春闱后，经岳祈谢，又祝官职，曰："主簿梦中称官历四资，郡守而已。"乃终于鄞州，神甚灵也。

沈　母　议

潞州沈尚书询,宣宗九载,主春闱。将欲放榜,其母郡君夫人曰:"吾见近日崔、李侍郎,皆与宗盟及第,似无一家之谤。汝叨此事,家门之庆也。于诸叶中,拟放谁也?"吴兴沈氏,相见问叶,不问房。询曰:"莫先沈光也。"太夫人曰:"沈光早有声价,沈擢次之。二子科名,不必在汝,自有他人与之。吾以沈儋孤单,鲜其知者,汝其不愍,孰能见哀?"询不敢违慈母之命,遂放儋第也。光后果升上第,擢奏芸阁,从事三湘。太夫人之朗悟,亦儋之感激焉。

龟　长　证

《左传》称筮短龟长,知凶袭吉。《易经》周鲁上圣,龟亦备在典彝。后之学者,随应而术之。李相公回,以旧名躔,累举未捷。尝之洛桥,有二术士,一者筮,一者能龟。乃先访筮者,曰:"某欲改名赴举,如之何?"筮者曰:"改名其善乎!不改终不成事也。"又访龟者邹生,生曰:"君子此行,慎勿易名,名将远布矣。然则成遂之后,二十年间,名字终当改矣。今则已应玄象,异时方测余言。"将行,又戒之曰:"郎君必策荣名,后当重任。接诱后来,勿以白衣为隙,他年必为深壅矣。"淮南从事力荐毕丞相諴,后又举赵渭南嘏。李公长庆二年及第,至武宗登极,与上同名,始改为回。从辛丑至庚申,二十年矣。乃曰:"筮短龟长,邹生之言中矣。"李公既为丞郎,永兴魏相公暮为给事。因省会,谓李公曰:"昔求府解,侍郎为试官,送一百二人,独小生不蒙一解,今日还忝金璋,厕诸公之列也。"合坐皆惊此说,欲其逊容。李公曰:"如今脱却紫衫称魏秀才,仆为试官,依前不送公,公何得以旧事相让耶?"李乃寻秉独坐之权,三台肃畏,而升相府,至今少台官之直拜也。后三五年间,魏公亦自同州入相,实继文贞之谏,宣皇之代,而致清平。乃李丞相有九江之除,续有临川之出,跋涉江湖,喟然叹曰:"洛桥先生之诚,吾自取尤,然亦命之故牵也!"

祝 坟 应

列子终于郑,今墓在郊数。谓贤者之迹,而或禁其樵采焉。里有胡生者,性落拓,家贫。少为洗镜镀钉之业,倏遇甘果、名茶、美酝,辄祭于列御寇之祠垅,以求聪慧,而思学道。历稔,忽梦一人,刀画其腹开,以一卷之书,置于心腑。及睡觉,而吟咏之意,皆绮美之词,所得不由于师友也。既成卷轴,尚不弃于猥贱之事,真隐者之风,远近号为"胡钉铰"。太守名流,皆仰瞩之,而门多长者。或有遗赂,必见拒也;或持茶酒而来,则忻然接奉。其文略记数篇,资其异论耳。《喜圃田韩少府见访》一首:"忽闻梅福来相访,笑着荷衣出草堂。儿童不惯见车马,争入芦花深处藏。"又《观郑州崔郎中诸妓绣样》曰:"日暮堂前花蕊娇,争拈小笔上床描。绣成安向春园里,引得黄莺下柳条。"《江际小儿垂钓》曰:"蓬头稚子学垂纶,侧坐莓苔草映身。路人借问遥招手,恐畏鱼惊不应人。"

郭 仆 奇

咸阳郭氏者,殷富之室也,仆媵甚众。其间有一苍头,名曰捧剑,不事音乐,常以望水眺云,不遵驱策。每遭鞭捶,终所见违。一旦,忽题一篇章,其主益怒。诗曰:"青鸟衔葡萄,飞上金井栏。美人恐惊去,不敢卷帘看。"儒士闻而竞观之,以为协律之词。其主稍容焉。又《题后堂牡丹花》曰:"一种芳菲出后庭,却输桃李得佳名。谁能为向夫人说,从此移根近太清。"捧剑私启宾客曰:"愿作夷狄之鬼,耻为愚俗苍头。"其后将窜,复留诗曰:"珍重郭四郎,临行不得别。晓漏动离心,轻车冒残雪。欲出主人门,零涕暗呜咽。万里隔关山,一心思汉月。"京兆全曙司录,尝述此事于王祝、李磝二郎中,并进士韩铢、郑嵩等也。

名　义　士

廖有方校书,元和十年失意后游蜀。至宝鸡西界馆,窆一旅逝之人,天下誉为君子之道也。书板为其记云:"余元和乙未岁,落第西征,适此公署,闻呻吟之声,潜听而微惙也。乃于暗室之内,见一贫病儿郎,问其疾苦行止,强而对曰:'辛勤数举,未偶知音眄睐。'叩头,久而复语,唯以残骸相托,余不能言;拟求救疗,是人俄忽而逝。余遂贱鬻所乘鞍马于村豪,备棺瘗之礼,恨不知其姓字。苟为金门同人,临歧凄断。复为铭曰:'嗟君没世委空囊,几度劳心翰墨场。半面为君申一恸,不知何处是家乡。'"廖君自西蜀取东川路,还至灵合驿,驿将迎归私第。及见其妻,素衣,再拜呜咽,情不可任。徘徊设辞,有同亲懿。淹留半月,仆马皆饫啜熊鹿之珍,极宾主之分。有方不测何缘如此,悚惕尤甚。临别,其妻又至,相别悲啼,又赠赆缯锦一驮,其价值数百千。驿将曰:"郎君今春所埋胡绾秀才,即某妻室之季兄也。"始知亡者姓字,复叙平生之吊。所遗之物,终不纳焉。少妇及夫,坚意拜上。有方又曰:"仆为男子,粗察古今。偶然葬一同流,不可当兹厚惠。"遂促辔而前。驿将奔骑而送,逾一驿,尚未分离。廖君不顾其物,驿将竟不挈还。执袂各恨东西,物乃弃于林野。乡老以义事申州,州以表奏中朝。其于文武宰僚,愿识有方,共为导引。明年,李侍郎逢吉,放有方及第,改名游卿,声动华夷。皇唐之义士也。其主驿戴克勤,堂牒本道节度,甄升至于极职。克勤名义,与廖君同远矣。

江　客　仁

李博士涉,谏议渤海之兄,尝适九江看牧弟。临袂,凡有囊装,悉分匡庐隐士,荷戴山人芳也。唯书籍薪米存焉。至浣口之西,忽逢大风,鼓其征帆,数十人皆驰兵仗,而问是何人。从者曰:"李博士船也。"其间豪首曰:"若是李涉博士,吾辈不须剽他金帛。自闻诗名日久,但希一篇,金帛非贵也。"李乃赠一绝句。豪首饯赂且厚,李亦不敢却。而睹斯人神情复异,而气义备焉。因与淮阳佛寺之期,而怀陆机之荐也。李君及至扬州,遍历诸寺,遇一女子拜泣,自谓宋态也。宋态者,故吴兴刘员外爱姬也。刘全白也。刘、李有昔年之分,因有诗赠曰:"长忆云仙至小时,芙蓉头上绾青丝。当时惊觉高唐梦,唯有如今宋玉知。"又曰:"陵阳夜宴使君筵,解语花枝在眼前。自从明月西沉海,不见姮娥二十年。"李君叹曰:"不见豪首,而逢宋态。成终身之喜,恨无言于知旧欤!"李博士奇义且多,注不尽录尔。后番禺举子李汇征,客游于闽越,驰车至循州,冒雨水求宿,田翁指韦氏之庄居。韦氏乃杖屦迎宾,年已八十有余,自称曰:"野人韦思明,幸获祗奉。"与李生谈论,或文或史,淹留累夕。汇征善谈而不能屈也。对酒征古今及诗语,韦叟吟曰:"长安轻薄儿,白马黄金羁。"以汇征年少而事轻肥故也。李生还令云:"昨日美少年,今日成老丑。"韦乃喟然叹曰:"老其丑矣,少壮所嗤!"至客改令,不离旧意,曰:"白发有前后,青山无古今。"韦微笑曰:"白发不远于秀才,何忽于老夫也!"叟复还令曰:"此公头白真可怜,惜伊红颜美少年。"于是共论数十家歌诗,次第及李涉绝句,主人似酷称善矣。汇征遂吟曰:"远别秦城万里游,乱山高下出商州。关门不锁寒溪水,一夜潺湲送客愁。"又曰:"华表千年一鹤归,丹砂为顶雪为衣。泠泠仙语人听尽,却向五云翻翅飞。"思明复吟二篇曰:"因韩为赵两游秦,十月冰霜渡孟津。纵使鸡鸣见关吏,不知余也是何人。"又曰:"滕王阁上唱《伊州》,二十年前向此游。半是半非君莫问,西山长在水长流。"李生重咏《赠豪客诗》,韦叟愀然变色曰:"老身弱龄不肖,游浪江湖,交结奸徒,为不平之事。后遇李涉博士,蒙简此诗,因而踵迹。李公待愚,拟陆士衡之荐戴若思,共主晋室,中心藏焉。远隐罗浮山,经于一纪。李即云亡,不复再游秦楚。"追惋今昔,因乃潸然。或持觞而酹,反袂而歌云:"春雨萧萧江上村,五陵豪客夜知闻。他时不用相回避,世上如今半是君。"云溪子以刘向所谓"传闻不如亲闻,亲闻不如亲见"也,乾符己丑岁,客于雪川,值李生细述其事。汇征于韦叟之居,观李博士手翰,冀余导于文林。且思明感知从善,岂谢古人乎?

艳　阳　词

安人元相国,应制科之选,历天禄畿尉,则闻西蜀乐籍有薛涛者,能篇咏,饶词辩,常悄悒于怀抱也。及为监察,求使剑门,以御史推鞫,难得见焉。及就除拾遗,府公严司空绶,知微之之欲,每遣薛氏往焉。临途诀别,不敢挈行。洎登翰林,以诗寄曰:"锦江滑腻蛾眉秀,化出文君及薛涛。言语巧偷鹦鹉舌,文章分得凤凰毛。纷纷词客皆停笔,个个君侯欲梦刀。别后相思隔烟水,菖蒲花发五云高。"元公既在中书,论与裴晋公度子弟撰及第,议出同州。诏云:裴度立蔡上之功,元稹有嚣塞之过也。乃廉问浙东,别涛已逾十载。方拟驰使往蜀取涛,乃有排优周季南、季崇及妻刘采春,自淮甸而来。善弄陆参军,歌声彻云,篇韵虽不及涛,容华莫之比也。元公似忘薛涛,而赠采春诗曰:"新妆巧样画双蛾,慢裹恒州透额罗。正面偷轮光滑笏,缓行轻踏皱文靴。言词雅措风流足,举止低回秀媚多。更有恼人肠断处,选词能唱《望夫歌》。"《望夫歌》者,即《罗唝》之曲也。金陵有罗唝楼,即陈后主所建。采春所唱一百二十首,皆当代才子所作。其词五、六、七言,皆可和矣。词云:"不喜秦淮水,生憎江上船。载儿夫婿去,经岁又经年。"一"借问东园柳,枯来得几年? 自无枝叶分,莫怨太阳偏。"二"莫作商人妇,金钗当卜钱。朝朝江口望,错认几人船!"三"那年离别日,只道往桐庐。桐庐人不见,今得广州书。"四"昨日胜今日,今年老去年。黄河清有日,白发黑无缘。"五"闷向江头采白蘋,尝随女伴祭江神。众中羞不分明语,暗掷金钗卜远人。"六"昨夜北风寒,牵船浦里安。潮来打缆断,摇橹始知难。"七采春一唱是曲,闺妇行人莫不涟泣。且以藁砧尚在,不可夺焉。元公求在浙江七年,因醉题东武亭。此亭宋武帝所制,壮丽天下莫比也。诗曰:"役役闲人事,纷纷碎簿书。功夫两衙尽,留滞七年余。病痛梅天发,亲情海岸疏。因循未归得,不是恋鲈鱼。"卢侍御简求戏曰:"丞相虽不恋鲈鱼,乃恋谁耶?"初娶京兆韦氏,字蕙蕖,官未达而苦贫。继室河东裴氏,字柔之。二夫人俱有才思,时彦以为嘉偶。初韦蕙蕖逝,不胜其悲,韩侍郎作墓铭。为诗悼之曰:"谢家最小偏怜女,嫁与黔娄百事乖。顾我无衣搜画箧,泥他沽酒拔金钗。野蔬充膳甘长藿,落叶添薪仰古槐。今日赠钱过百万,为君营奠复营斋。"又云:"曾经沧海难为水,除却巫山不是云。"复自会稽拜尚书右丞,到京未逾月,出镇武昌。武昌建节李相、牛相、元相比也。是时中门外构缇幕,候天使送节次,忽闻宅内恸哭,侍者曰:"夫人也。"乃传问:"旌钺将至,何长恸焉?"裴氏曰:"岁杪到家乡,先春又赴任。亲情半未相见,所以如此。"立赠柔之诗曰:"穷冬到乡国,正岁别京华。自恨风尘眼,常看远地花。碧幢还照曜,红粉莫咨嗟。嫁得浮云婿,相随即是家。"裴柔之答曰:"侯门初拥节,御苑柳丝新。不是悲殊命,唯愁别是亲。黄莺迁古木,珠履徙清尘。想到千山外,沧江正暮春。"元公与柔之琴瑟相和,亦房帷之美也。余故编录之。

温　裴　黜

　　裴郎中诚,晋国公次弟子也,足情调,善谈谐。举子温歧为友,好作歌曲,迄今饮席,多是其词焉。裴君既入台,而为三院所谴曰:"能为淫艳之歌,有异清洁之士也。"裴君《南歌子》词云:"不是厨中串,争知炙里心。井边银钏落,展转恨还深。"又曰:"不信长相忆,抬头问取天。风吹荷叶动,无夜不摇莲。"又曰:"簳蜡为红烛,情知不自由。细丝斜结网,争奈眼相钩。"二人又为《新添声杨柳枝》词,饮筵竞唱其词而打令也。词云:"思量大是恶因缘,只得相看不得怜。愿作琵琶槽那畔,美人长抱在胸前。"又曰:"独房莲子没人看,偷折莲时命也拼。若有所由来借问,但道偷莲是下官。"温歧曰:"一尺深红朦曲尘,旧物天生如此新。合欢桃核终堪恨,里许元来别有人。"又曰:"井底点灯深烛伊,共郎长行莫围棋。玲珑骰子安红豆,入骨相思知不知?"湖州崔郎中弖言,初为越副戎,宴席中有周德华。德华者,乃刘采春女也。虽《罗唝》之歌,不及其母,而《杨柳枝》词,采春难及。崔副车宠爱之异,将至京洛。后豪门女弟子从其学者众矣。温、裴所称歌曲,请德华一陈音韵,以为浮艳之美,德华终不取焉。二君深有愧色。所唱者七八篇,乃近日名流之咏也。滕迈郎中一首:"三条陌上拂金羁,万里桥边映酒旗。此日令人肠欲断，不堪将入笛中吹。"贺知章秘监一首：
"碧玉装成一树高，万条垂下绿丝绦。不知细叶谁裁出，二月春风是
剪刀。"杨巨源员外一首："江边杨柳曲尘丝，立马凭君折一枝。唯有
春风最应惜，殷勤更向手中吹。"刘禹锡尚书一首："春江一曲柳千条，
二十年前旧板桥。曾与美人桥上别，恨无消息至今朝。"韩琮舍人二
首："枝斗芳腰叶斗眉，春来无处不如丝。灞陵原上多离别，少有长条
拂地垂。"又曰："梁苑随堤事已空，万条犹舞旧春风。那堪更想千年
后，谁见杨花入汉宫。"云溪子曰：汉署有《艳歌行》，匪为桑间濮上之
音也。偕以雪月松竹，杂咏《杨柳枝》词，作者虽多，鲜睹其妙。杜牧
舍人云："巫娥庙里低含雨，宋玉堂前斜带风。"滕郎中又云："陶令门
前胃接离，亚夫营里拂朱旗。"但不言"杨柳"二字，最为妙也。是以姚
合郎中苦吟《道旁亭子》诗云："南陌游人回首去，东林道者杖藜归。"
不谓"亭"，称奇矣。

琅 琊 忤

　　王建校书为渭南尉，作宫词。元丞相亦有此句。河南、渭南，合
成二首矣。时谓长孙翱、朱庆馀，各有一篇，苟为当矣。长孙词曰：
"一道甘泉接御沟，上皇行处不曾秋。谁言水是无情物，也到宫前咽
不流。"朱君词曰："寂寂花时闭院门，美人相对泣琼轩。含情欲说宫
中事，鹦鹉前头不敢言。"元公以讳秀明经制策入仕，<small>秀字子芝，为鲁山令，
政有能名。颜真卿为碑文，号曰"元鲁山"也。</small>其一篇自述云："延英引对碧衣郎，
红砚宣毫各别床。天子下帘亲自问，宫人手里过茶汤。"是时贵族竞
应制科，用为男子荣进，莫若兹乎，乃自河南之咏也。渭南先与内宫
王枢密，尽宗人之分，然彼我不均，后怀轻谤之色。忽因过饮，语及
"桓灵信任中官，多遭党锢之罪，而起兴废之事"，枢密深憾其讥，诘
曰："吾弟所有宫词，天下皆诵于口。禁掖深邃，何以知之？"建不能
对。元公亲承圣旨，令隐其文，朝廷以为孔光不言温树者，何其慎静
乎！二君将遭奏劾，为诗以让之，乃脱其祸也。建诗曰："先朝行坐镇
相随，今上春宫见长时。脱下御衣偏得着，进来龙马每交骑。常承密

旨还家少，独奏边情出殿迟。不是当家频向说，九重争遣外人知。"

巢　燕　词

近日举场为诗清切，而鄙元和风格，用高往式乎？然由工用之不同矣。章正字孝标《对月》落句云："长安一夜千家月，几处笙歌几处愁。"有类乎秦交云："一种蛾眉明月夜，南宫歌吹北宫愁。"章君章题之中，颇得声称也。元和十三年下第，时辈多为诗以刺主司；独章君为《归燕诗》，留献庾侍郎承宣。小宗伯得诗，展转吟讽，诚恨遗才，仍候秋期，必当荐引。庾果重秉礼曹，孝标来年擢第。群议以为二十八字而致大科，则名路可遵，递相砻砺也。诗曰："旧累危巢泥已落，今年故向社前归。连云大厦无栖处，更望谁家门户飞。"孝标及第，正字东归，《题杭州樟亭驿云》："樟亭驿上题诗客，一半寻为山下尘。世事日随流水去，红花还似白头人。"初成落句云"红花真笑白头人"，改为"还似白头人"。言我将老成名，似花芳艳，讵能久乎。及还乡而逝。前有章八元，后有章孝标，皆桐庐人，名虽远而还不达矣。后五十年来，有闽川欧阳澥者，四门詹之孙也。贾陵、陈羽、李观、李绛、韩愈、王涯、刘遵古、崔群、冯宿、李博等，与四门同年，其名流于海岳。澥娶妇经旬，而辞赴举，抗节不还。诗云："黄菊离家十四年。"又云："离家已是梦松年。"又云："落日望乡处，何人知客情？"自怜十八年之帝乡，未遇知己也。亦为《燕诗》以献主司郑愚侍郎，其词虽为朝贤称叹，尚未第焉。澥诗曰："翩翩双燕画堂开，送古迎今几万回。长向春秋社前后，为谁归去为谁来？"

题　红　怨

明皇代，以杨妃、虢国宠盛，宫娥皆颇衰悴，不备掖庭。常书落叶，随御沟水而流云："旧宠悲秋扇，新恩寄早春。聊题一片叶，将寄接流人。"顾况著作，闻而和之。既达宸聪，遣出禁内者不少。或有五使之号焉。和曰："愁见莺啼柳絮飞，上阳宫女断肠时。君恩不禁东流水，叶上题诗寄与谁？"卢渥舍人应举之岁，偶临御沟，见一红叶，命仆搴来。叶上乃有一绝句，置于巾箱，或呈于同志。及宣宗既省宫人，初下诏，许从百官司吏，独不许贡举人。渥后亦一任范阳，获其退宫人，睹红叶而吁怨久之，曰："当时偶题随流，不谓郎君收藏巾箧。"验其书，无不讶焉。诗曰："水流何太急，深宫尽日闲。殷勤谢红叶，好去到人间。"

羡门远

纥干尚书泉，苦求龙虎之丹，十五余稔。及镇江右，乃大延方术之士。乃作《刘弘传》，雕印数千本，以寄中朝及四海精心烧炼之者。夫人欲点化金银，非拟救于贫乏，必期多蓄田畴，广置仆妾，此谓贪婪，岂名道术？且玄妙之门，虚无之事，得其要旨，亦恐不成；况乎不得，悉焚《参同契》金诀者？其言至也。皇甫大夫或曰"王相公"也。在夏口日，勤求艺术。时有一道士，策杖蹑屦，直入戟门。门人以廉使奉道，不敢制止。安定公遽起而迎接，道士则傲然不窥，向竹而吟曰："积尘为太山，掬水成东海。富贵有时乖，希夷无日改。绛节出崆峒，霓衣发光彩。古者有七贤，六个今何在？"自谓我是一贤也。访其名姓，曰："黄山隐。"府公未能明其真伪，请于宫观，愿在牌亭，得观云水。亚相曰："斯人若是至道，名利俱捐。"试令干事军将持书送绢百匹、钱一百千文，至其所止。山隐启缄忻喜，立修回报。遂乃脱其道服，饰以青衿，引见谢陈，礼度甚恭，殊异初来傲睨之态矣。皇甫公判书之末，乃至尽刑，曰："道士黄山隐，轻人复重财。太山将比甑，东海只容杯。绿绶藏云帔，乌巾换鹿胎。黄泉六个鬼，今夜待君来。"云溪子曰：王子年之著书也，不脱后秦之难；东方朔之知机也，恐罹西汉之咎。是乔、松独乐，巢、务不居。若山隐者，拟为妖惑，敢蔑公侯。死无于吉，致孙策镜里之殃；来非许迈，起刘恢舟中之顾。足见凡愚。黄山隐自贻之祸，安定公明察之断，合其宜乎！

金　仙　指

邓州有老僧，日食二鸥鸠。僧俗共非之，老僧终无所避。当馔之际，贫士求餐，分其二足而食。食讫，老僧盥嗽，双鸠从口而出，一则能行，一则匍匐在地。贫士惊怪，亦吐其餤，其鸠二脚亦生。其僧后乃不食此味，睹验，众加敬异，号曰"南阳鸥鸠和尚"也。兴元县西墅，有兰若上座僧，常饮酒食肉，群辈皆效焉。一旦，多作大饼，招群徒众入尸陀林，以饼裹腐尸肉而食，数啖不已，众僧掩鼻而走。上座曰："汝等能食此肉，方可食诸肉。"自此缁徒因成精进也。此事柳仆射仲郢在兴元日睹验之也。宝志大师尝于台城对梁武帝吃鲙，昭明诸王子皆侍侧。食讫，武帝曰："朕不知味二十余年矣。师何为尔！"志公乃吐出小鱼，依依鳞尾，帝深异之。如今秣陵有鲙残鱼也。且达人崇佛奉僧，近亦众矣。若留守王仆射逢、裴相公休、凤翔白中令敏中、夏侯相孜、崔仆射安潜，皆严饰道场，躬自焚香执钱，老而无倦焉。然诸贵达，皆乃恶其过犯，必不容贷焉。李常侍续，分陕之日，闲登城楼，遥见二僧抱秩从寺门而出，有二鬼异状随僧后谛听。行过百步，忽见一女子自东而来，二僧极目而送。鬼乃俱怒，抛砂石作旋风，左右或有见者。遂召僧至，问其所以，具云："初出寺门，共论经义。寻有他言，不敢隐讳伏藏。"公曰："鬼神重斋戒，善恶必知。"二僧既还，益加惕励也。岳牧李员外膺，群玉校书者，即岳牧从孙也。昔来觐谒，曾与宴席。李公曰："吾征士也，识古知今。视汝侪流，只如粟粒。"群玉兢惶，几不脱于棰辱。其高概如此，有天下名称。群玉后过岳阳，题诗曰："昔年曾接李膺欢，远泛仙舟醉碧澜。诗句乱题青草发，酒肠俱逐洞庭宽。浮生聚散云相似，往事微冥梦一般。今日片帆城下过，春风回首涕栏干。"岳阳于奉释之心，日无倦矣。尝撰清远寺碑文，甚得大理。若僧有故投网罗者，其不恕乎。尝断僧结党屠牛捕鱼事，曰："违西天之禁戒，犯中国之条章。不思流水之心，辄举庖丁之刃。既集徒侣，须务极刑。各决三十，用示伽蓝。"襄州李八座翱，断僧相打，云："夫说法则不曾敷坐而坐，相打则偏袒右肩左肩。领来向佛前，而作偈言。各笞去衣十五，以例三千大千。"又断僧通状云："上岁童子二十受戒，君王不朝，父母不拜。口称'贫道'，有钱放债。量决十下，牒出东界。"婺州陆郎中长源，判僧常满、智真等同于倡家饮酒，烹宰鸡鹅等事，云："且口说如来之教，在处贪财；身着无价之衣，终朝食肉。苦行未同迦叶，自谓头陀；神通何有净名，入诸淫舍。犯尔严戒，黩我明刑，仍集远近僧，痛杖三十处死。"又断金华观道士盛若虚，云："本是樵童牧竖，偶然戴帻依师。不游玄牝之门，莫鉴丹田之义。早闻借犯，苟乃包容。作孽既多，为弊斯久。常住钱谷，唯贮私家。三盏香炉，不修数夕。至于奴婢，遍结亲情。良贱不分，儿女盈室。行齐犬马，一异廉愚。恣伊非类之徒，负我无为之教。贷其死状，尚任生全。量决若干，便勒出院。别召精洁主首，务在焚修。"浙西韩相公滉，断法师云晏等五人聚集赌钱，因有喧净，云："正法何曾执贝，空门不积余财。白日既能赌博，通宵必醉樽罍。强说天堂难到，又言地狱长开。并付江神收管，波中便是泉台。"

蜀 僧 喻

云溪子昔遁西霞峰，厥气方壮，尝遇玄朗上人者，乃南泉禅宗普愿大师之嗣孙也。南泉之德业，诸佛之支体。《维三经》云："即心是佛，非心是道；非心非道，非道非心；离佛离道，即是一真。"大师句云："心不是佛，智不是道。"言其心有善恶，智有利钝，心智两非，名为究竟。南泉既逝，崔行检员外为之铭曰："百骸俱散，一物常灵。"释学徒服其简妙也。朗公或遇高才亡智者，则论六度迷津，三明启道，此灭彼往，无荣绝辱也。或有愚士昧学之流，欲其开悟，别吟以王梵志诗。梵志者，生于西域林木之上，因以梵志为名。其言虽鄙，其理归真，所谓归真悟道，徇俗乖真也。诗云："欺枉得钱君莫羡，得了却是输他便。来往报答甚分明，只是换头不识面。"又曰："天公未生我，冥冥无所知。天公忽生我，生我复何为？无衣遣我寒，无食令我饥。还尔天公我，还我未生时。"又曰："我肉众生肉，形殊性不殊。元同一性命，只是别形躯。苦痛教他死，将来作己须。莫教阎老断，自想意何如？"

又曰："多置庄田广修宅,四邻买尽犹嫌窄。雕墙峻宇无歇时,几日能为宅中客?造作庄田犹未已,堂上哭声身已死。哭人尽是分钱人,口哭元来心里喜。"又曰："粗行出家儿,心中未平实。贫斋行则迟,富斋行则疾。贪他油煮馉,我有波罗蜜。饱食不知惭,受罪无休日。"又曰："不愿大大富,不愿大大贫。昨日了今日,今日了明晨。此之大大因。所愿只如此,真成上上人。"又曰："良田收百顷,兄弟犹工商。却是成忧恼,珠金虚满堂。满堂何所用,妻儿日夜忙。行坐闻人死,不解暂思量。贫儿二亩地,干枯十树桑。桑下种粟麦,四时供父娘。图谋未入手,只是愿饥荒。结得百家怨,此身终受殃。"又曰："本是尿屎袋,强将脂粉涂。音荼。凡人无所识,唤作一团花。相牵入地狱,此最是冤家。"又曰："生时不共作荣华,死后随车强叫唤。齐头送到墓门回,分你钱财各头散。"又曰："众生头兀兀,常住无明窟。心里唯欺谩,口中佯念佛。世无百年人,拟作千年调。打铁作门闩,鬼见拍手笑。家有梵志诗,生死免入狱。不论有益事,且得耳根熟。白纸书屏风,客来即与读。空饭手捻盐,亦胜设酒肉。劝君莫杀命,背面被生噢。吃他他吃汝,轮环作主人。"又曰："照面不用镜,布施不须财。端坐念真相,此便是如来。大皮裹大树,小皮裹小木。生儿不用多,了事一个足。省得分田宅,无人横煎蹙。但行平等心,天亦念孤独。我身虽孤独,未死先怀虑。家有五男儿,哭我无所据。哭我我不闻,不哭我亦去。无常忽到来,知身在何处!"又曰："世间何物贵,无价是诗书。了了说仁义,愚夫都不知。深房禁婢妾,对客夸妻儿。青石辈行路,未知身死时!"

杂　嘲　戏

万彤云为白太傅所知,后游梓州,累为阍人艰阻。为诗以献卢尚书弘宣,范阳公怒阍者,而礼万生焉。诗曰："荷衣拭泪几回穿,欲谒朱门抵上天。不是尚书轻下客,山家无物与王权。"夔州游使君符,邀客看花而不饮,至今荆襄花下斟茶者,吟此戏焉。卢子发:"白帝城头二月时,忍教清醒看花枝。莫言世上无袁许,客子由来是相师。"《咏螃蟹呈浙西从事》，皮日休：“未游沧海早知名，有骨还从肉上生。莫道无心畏雷电，海龙王处也横行。”又题《金钱花》：“阴阳为火地为炉，铸得金钱不用模。谩向人前逞颜色，不知还解济贫无？”郑愚《醉题广州使院》，似讯前政：“数年百姓受饥荒，太守贪残似虎狼。今日海隅鱼米贱，大须惭愧石留黄。”《拟权龙褒体赠鄠县李令及寄朝右》，李乃因病休官：“鄠县李长官，横琴膝上弄。不闻有政声，但见手子动。”李日新《题仙娥驿》诗曰：“商山食店大悠悠，陈酅馉饳古馇头。更有台中牛肉炙，尚盘数脔紫光球。”贺秘监、顾著作，吴越人也，朝英慕其机捷，竞嘲之，乃谓南金复生中土也。每在班行，不妄言笑。贺知章曰：“钑镂银盘盛蛤蜊，镜湖莼菜乱如丝。乡曲近来佳此味，遮渠不道是胡儿。”顾况和曰：“钑镂银盘盛炒虾，镜湖莼菜乱如麻。汉儿女嫁吴儿妇，吴儿尽是汉儿爷。”张祜客于丹徒，有朱坛者轻佻，侮慢祜之篇咏。后坛与祜卷，欲其润饰之，祜乃戏简二十字，欣而不悟，厚为钱别焉：“昔人有玉碗，击之千里鸣。今日睹斯文，碗有当时声。”温州颜郎中，儒士也，不知弧矢之能，张祜观其骑猎马上，以诗戏之曰：“忽闻射猎出军城，人着戎衣马带缨。倒把角弓呈一箭，满山狐兔当头行。”张祜为冬瓜堰官，憾其牛户无礼，责欲鞭笞，无不取给于其中也，然无名秀才居多，职事皆怯于祜。钱塘酒徒朱冲和，小舟经过，祜令语曰：“张祜前称进士，不亦难乎？”冲和乃自启名，而赠诗嘲之。祜平生傲诞，至于公侯，未如斯之挫也。诗曰：“白在东都元已薨，兰台凤阁少人登。冬瓜堰下逢张祜，牛屎堆边说我能。”韦鹏翼《戏题盱眙邵明府壁》：“岂肯闲寻竹径行，却嫌丝管好蛙声。自从煮鹤烧琴后，背却青山卧月明。”乐营子女席上戏宾客，量情三木，乃书榜子示诸妓云，岭南掌书记张保胤：“绿罗裙上标三棒，红粉腮边泪两行。叉手向前咨大使，遮回不敢恼儿郎。”时谓张书记，文彩纵横，比之何逊；人材瑰伟，有似玄宗。及罢府北归，留诗戏诸同院，闻者莫不大哈。诗曰：“忆昔前年富贵时，如今头恼尚依俙。布袍破后思宫内，锦裤穿时忆御衣。鹘子背钻高力士，婵娟翻画太真妃。如今憔悴离南海，恰似当时幸蜀归。”莆田县有染家，家富，因醉殴兄，至高标十木。既归，乡亲为会。有柳逢秀才旅游掇席，主人不乐，柳生怒而题壁，染人遂与束帛赎其诗。"紫绿终朝染，因何不识非？莆田竹木贵，背负十柴归。"
浙东孟简尚书，六衙按覆囚徒，其间一人自曰"鲁人孔颙"，献诗启云：
"偶寻长街柳阴吟咏，忽被都虞候拘缧数日，责以罪名，敢露血诚，伏
请申雪。"孟公立以宾客待之，批其状曰："薛陟不知典教，岂辨贤良？
驱遣健徒，凭陵国士，殊无畏惮，辄恣威权，翻成刺许之宾，何异吠尧
之犬。然以久施公效，尚息杖刑，退补散将，外镇收管。"孔生诗曰：
"有个将军不得名，唯教健卒喝书生。尚书近日清如镜，天子官街不
许行。"池州杜少府慆、亳州韦中丞仕符，二君皆以长年，精求释道。
乐营子女，厚给衣粮，任其外住。若有宴饮，方一召来；柳际花间，任
为娱乐。谯中举子张鲁封，为诗谑其宾佐，兼寄大梁李尚书，诗曰：
"杜叟学仙轻蕙质，韦公事佛畏青娥。乐营却是闲人管，两地风情日
渐多。"戏酬张十五秀才见寄池亳二州之事，宣武军掌书记李昼："秋
浦亚卿颜叔子，谯都中宪老桑门。如今柳巷通车马，唯恐他时立棘
垣。"《题大梁临汴驿》，进士姚嵘："近日侯门不重才，莫将文艺拟为
媒。相逢若要如胶漆，不是红妆即撒灰。"麻衣黎瓘者，南海狂生也，
游于漳州，频于席上喧酗。乡饮之日，诸宾悉赴，客司独不召瓘。瓘
作《翻韵诗赠崔使君》，坐中皆大笑。崔使君驰骑迎之。诗曰："惯向
溪边折柳杨，因循行客到州漳。无端触忤王衙押，不得今朝看饮乡。"

窥　衣　帷

元丞相载妻王氏，字韫秀。王绪相公之女，维右丞之侄。初，王相公镇北
京，以韫秀嫁元载，岁久而见轻怠。韫秀谓夫曰："何不增学？妾有奁
幌资装，尽为纸墨之费。"王氏父母，未或知之。亲属以载夫妻皆乞
儿，厌薄之甚。元乃游秦，为诗别韫秀曰："年来谁不厌龙钟，虽在侯
门似不容。看取海山寒翠树，苦遭霜霰到秦封。"妻请偕行，曰："路扫
饥寒迹，天哀志气人。休零离别泪，携手入西秦。"元秀才既到京，屡
陈时务，深符上旨，肃宗擢拜中书。王氏喜元郎入相，寄诸姨妹诗曰：
"相国已随麟阁贵，家风第一右丞诗。笄年解笑明机妇，耻见苏秦富
贵时。"元公，肃宗、代宗两朝宰相，贵盛无比，广茸亭台，交游贵族，客

候其门，而或间阻。王氏复为一篇以喻之，曰："楚竹燕歌动画梁，春兰重换舞衣裳。孙弘开馆招嘉客，知道浮荣不久长。"元公于是稍减矣。太原内外亲族，悉来谒贺者众矣。韫秀置于闲院。忽因晴霁日景，以青紫丝绦四十条，条长三十丈，皆施罗纨绮绣之饰。每条绦下，排金银炉二十枚，皆焚异香，香亘其服。乃命诸亲戚西院闲步，韫秀问是何物，侍婢对曰："今日相公及夫人晒曝衣服。"王氏谓诸亲曰："岂料乞索儿妇，还有两事。"盖形粗衣也。于是诸亲羞赧，稍稍而辞。韫秀每分衣服饰于他人，而不及于太原之骨肉也，且曰："非儿不礼于姑娣，其奈当时见辱乎？"洎元公贪吝为心，竟招罪戾，台阁弹奏而亡。其家韫秀，少有识量，节概固高。丞相已谢，上令入宫备彤笔箴规之任。叹曰："王家十三娘，二十年太原节度使女，十六年宰相妻，谁能书得长信、昭阳之事？死亦幸矣！"坚不从命。或曰上宥连罪，或云京兆笞而毙矣。

闺　妇　歌

朱庆馀校书，既遇水部郎中张籍知音，遍索庆馀新制篇什数通，吟改后，只留二十六章，水部置于怀抱，而推赞焉。清列以张公重名，无不缮录而讽咏之，遂登科第。朱君尚为谦退，作《闺意》一篇，以献张公。张公明其进退，寻亦和焉。诗曰："洞房昨夜停红烛，待晓堂前拜舅姑。妆罢低声问夫婿：画眉深浅入时无？"张籍郎中酬曰："越女新妆出镜心，自知明艳更沉吟。齐纨未足人间贵，一曲菱歌敌万金。"朱公才学，因张公一诗，名流于海内矣。

历代笔记小说大观总目

汉魏六朝

西京杂记（外五种） 〔汉〕刘歆 等撰 王根林 校点

博物志（外七种） 〔晋〕张华 等撰 王根林 等校点

拾遗记（外三种） 〔前秦〕王嘉 等撰 王根林 等校点

搜神记·搜神后记 〔晋〕干宝 陶潜 撰 曹光甫 王根林 校点

世说新语 〔南朝宋〕刘义庆 撰 〔梁〕刘孝标注 王根林 标点

唐五代

朝野佥载·云溪友议 〔唐〕张鷟 范摅 撰 恒鹤 阳羡生 校点

教坊记（外七种） 〔唐〕崔令钦 等撰 曹中孚 等校点

大唐新语（外五种） 〔唐〕刘肃 等撰 恒鹤 等校点

玄怪录·续玄怪录 〔唐〕牛僧孺 李复言 撰 田松青 校点

次柳氏旧闻（外七种） 〔唐〕李德裕 等撰 丁如明 等校点

酉阳杂俎 〔唐〕段成式 撰 曹中孚 校点

宣室志·裴铏传奇 〔唐〕张读 裴铏 撰 萧逸 田松青 校点

唐摭言 〔五代〕王定保 撰 阳羡生 校点

开元天宝遗事（外七种） 〔五代〕王仁裕 等撰 丁如明 等校点

北梦琐言 〔五代〕孙光宪 撰 林艾园 校点

宋元

清异录·江淮异人录 〔宋〕陶穀 吴淑 撰 孔一 校点

稽神录·睽车志 〔宋〕徐铉 郭彖 撰 傅成 李梦生 校点

齐东野语 〔宋〕周密 撰 黄益元 校点

癸辛杂识 〔宋〕周密 撰 王根林 校点

归潜志·乐郊私语 〔金〕刘祁〔元〕姚桐寿 撰 黄益元 李梦生 校点

山居新语·至正直记 〔元〕杨瑀 孔齐 撰 李梦生 庄葳 郭群一 校点

南村辍耕录 〔元〕陶宗仪 撰 李梦生 校点

明代

草木子(外三种) 〔明〕叶子奇 等撰 吴东昆 等校点

双槐岁钞 〔明〕黄瑜 撰 王岚 校点

菽园杂记 〔明〕陆容 撰 李健莉 校点

庚巳编·今言类编 〔明〕陆粲 郑晓 撰 马镛 杨晓波 校点

四友斋丛说 〔明〕何良俊 撰 李剑雄 校点

客座赘语 〔明〕顾起元 撰 孔一 校点

五杂组 〔明〕谢肇淛 撰 傅成 校点

万历野获编 〔明〕沈德符 撰 杨万里 校点

涌幢小品 〔明〕朱国祯 撰 王根林 校点

清代

筠廊偶笔 二笔·在园杂志 〔清〕宋荦 刘廷玑 撰 蒋文仙 吴法源 校点

虞初新志 〔清〕张潮 辑 王根林 校点

坚瓠集 〔清〕褚人获 辑撰 李梦生 校点

柳南随笔 续笔 〔清〕王应奎 撰 以柔 校点

茶余客话 〔清〕阮葵生 撰 李保民 校点

檐曝杂记·秦淮画舫录 〔清〕赵翼 捧花生 撰 曹光甫 赵丽琰 校点

履园丛话 〔清〕钱泳 撰 孟斐 校点

归田琐记 〔清〕梁章钜 撰 阳羡生 校点